Step Sister

Tome 1 : Un Noël pour un nouveau départ

Avril Morgan

STEP SISTER

Tome 1 :

UN NOËL POUR UN NOUVEAU DÉPART

Avril Morgan

www.soromance.com

Prologue

Six ans auparavant

Ses lèvres s'étirent et ses yeux se plissent, du fait qu'elle se fout de ma gueule. Amber pouffe, avant de mettre sa main devant sa bouche, pour retenir son rire devant ma mine décomposée.

Comment peut-elle penser avoir le droit de se moquer ouvertement de moi ? Devant mes amis en plus ! Ses derniers sont aussi pliés qu'elle et ça me choque. Ses propos sont tout bonnement méchants. Je ne suis pas un gamin perdu qui a besoin de sa petite-amie pour vivre !

Amber tourne des talons et se met en route vers l'établissement. Je l'observe avec attention. Son jean taille baisse et bien serré épouse parfaitement ses formes. Trop d'ailleurs. Je n'aime pas du tout ça. Je sais que mes amis sont les premiers à en profiter.

— Arrêtez de la mâter, ordonné-je à mes amis.

Ces derniers lèvent les yeux au ciel, amusés par ma façon de protéger ma demi-sœur. Je suis fatigué de devoir la surprotéger, car ils ne sont pas capables de se tenir ! On avait pourtant mis les choses au clair. Pas les sœurs. Sauf qu'ils utilisent le fait que c'est ma demi-sœur, car elle n'est pas liée par le sang avec moi, étant adoptée par ma belle-mère.

Cette petite nuance a commencé à m'énerver quand Amber a changé physiquement. Avant, elle ressemblait à une petite fille, maintenant à une jeune femme. Et c'est ce qui semble particulièrement intéresser Peter, mon ami.

La sonnerie retentit. Je suis le groupe qui se dirige vers notre prochain cours ; math. Ce n'est pas ma matière préférée, mais je suis plutôt bon. J'ai d'ailleurs de bonnes notes dans toutes les matières. Sauf sport ! Il faut dire que je n'y mets pas du mien. Sinon c'est clair, j'aurais plus que la moyenne !

La matinée se passe assez vite. Les cours sont intéressants et je pense avoir réussi le contrôle d'anglais. Quand la pause arrive, je m'empresse de rejoindre ma demi-sœur sur le parking. Elle reste comme d'habitude avec son unique amie, Holly, qui est aussi mon amie d'enfance. Tous les trois, nous avons l'habitude de nous inviter pour regarder des films et manger. Notre complicité est sans pareil.

Mais là, je viens les voir pour les mettre en garde. Amber pose ses yeux bleus sur moi avec lenteur. Vu son air, elle semble énervée.

— Peter compte...

Elle hausse un sourcil et me fait un signe de me retourner. Je vois mes amis arriver au loin, vers nous. Les yeux des trois garçons sont posés sur moi particulièrement.

— Je vais gérer, me dit Amber froidement.

— Tu sais bien que non.

— Gab, arrête ! Je sais ce que je fais. Je n'ai pas besoin que tu me protèges.

Je roule des yeux. Elle m'exaspère.

— C'est normal, je suis ton grand frère.

— Demi-frère, me reprend-elle.

C'est vrai, nous tenons à mettre les choses au clair. Nous sommes demi-frère/sœur.

Les garçons arrivent à mon niveau. Peter, Isac et Nick posent leurs regards sur moi, puis sur les deux filles qui sont en retrait.

— Gabriel, je commence à croire que tu préfères passer du temps avec des filles, fait Peter.

Je me mets à sourire. Je sais bien à quoi il joue, mais je n'entrerai pas dans son petit jeu.

— Je suis venu dire à Amber d'arrêter de se moquer d'Amélie. Tout simplement.

Peter observe Amber. Visiblement, il ne me croit pas. Il la détaille entièrement. Mes poings se ferment. S'il pouvait baver, il le ferait !

— Ouais, bref... je voulais savoir si Amber est libre pour le bal de fin d'année...

— Il est dans quatre mois, remarque cette dernière.

Amber n'aime pas Peter. D'ailleurs, elle n'aime pas mes amis, tout court. Mais les miens sont moins pire que le sien. Son ami Charly est une racaille. Il traîne dans les bars le soir, drague pas mal de filles, sans compter la drogue et l'alcool qu'il prend à seulement dix-sept ans et demi !

Je n'aime pas qu'il tourne autour de ma demi-sœur. Ils n'ont pas les mêmes codes. Je ne comprends pas ce qu'elle lui trouve. Je sais bien que les sentiments ne se contrôlent pas, mais là, c'est vraiment dommage. Elle pourrait trouver tellement mieux que lui. Encore une chance qu'il ne fasse pas attention à elle. Pour lui, elle n'est qu'une vulgaire fille comme les autres. Ce qui ne me dérange pas. Tant qu'il ne s'approche pas d'elle !

— Chérie, ne joue pas comme ça, fait Peter à ma demi-sœur.

Il semble amusé par la réplique d'Amber. Ça me fait aussi rire. Elle ne se laisse pas mener par le bout du nez et a beaucoup de répartie. Tellement, que j'ai peur qu'un jour un garçon n'apprécie pas ça et s'en prenne à elle.

Amber ignore grandiosement mon pote pour nous contourner. Elle et Holly se mettent à marcher en direction du lycée. Amber se stoppe alors, son ami la rejoint. Charly la prend dans ses bras et l'embrasse. Ma mâchoire se décroche sous l'action qui se passe sous mes yeux. Il déplace ses mains, jusqu'alors sur ses hanches, pour les poser sur ses fesses. Elle se laisse bizarrement faire. Normalement, elle me dit tout. L'idée qu'elle me cache des choses me fait peur. Comment puis-je la protéger si je ne connais pas tout ? Je sais bien qu'elle a besoin de son jardin secret, mais je suis là pour elle en toutes circonstances. Et ce, depuis son arrivée sous mon toit.

Il se détache d'elle et pose ses grands yeux sur moi. Je n'arrive pas à détourner le regard. Quelques secondes après, Amber se retourne à son tour et me fait un large sourire. Je comprends qu'elle me provoque. La petite peste. Elle sait bien que je ne supporte pas ce gamin !

— Tu devrais arrêter de la mater, me fait Peter. On pourrait croire que tu en pinces pour ta sœur...

— Ma demi-sœur, le reprends-je. Je la surveille, nuance. Je n'ai pas confiance en ce gars.

— T'inquiète, elle ne va pas rester longtemps avec lui. Si j'arrive à sortir avec...

— Laisse tomber Peter, le coupé-je. Elle ne t'aime pas.

Chapitre 1

Maintenant

Les articulations de mes doigts craquent. Les poings serrés, je retiens mon énervement. Il ne faut pas que je m'emporte. Pourtant, j'ai une boule à la gorge.

— Je ne veux pas, réponds-je, avec une voix plus aiguë.

— Oh, mon chéri, s'il te plaît. On aimerait bien vous revoir. Tu nous manques.

Je le sais pertinemment. Mais je n'y peux rien.

— Tu sais que je n'aime pas cette stupide fête !

Un long silence à l'autre bout du fil m'indique que ma réponse ne plaît pas à ma belle-mère. Une voix grave, celle de mon père, s'élève et râle. Il lui demande de lui passer le téléphone pour me parler. Jade s'exécute et je peux désormais écouter mon père me sommer de venir pour le réveillon de Noël.

Les secondes défilent et je décroche. Rien ne me fera changer d'avis. Nous en avons déjà parlé. Il connaît déjà mon ressenti concernant cette maudite célébration.

— Stop, le coupé-je. Je ne viendrai pas. C'est décidé.

— Amber risque de venir...

— Non, ça ne sert à rien de l'utiliser. En plus, je ne vois pas pourquoi vous m'appelez, je ne fête plus Noël depuis longtemps ! Sur ce, bonne soirée !

Sur ces mots, je raccroche. Un peu brutalement, je le reconnais. Je n'ai pas pu me retenir. La tension me gagnait de plus en plus. Je sentais que j'allais craquer.

Mon visage se tourne vers ma petite-amie, Amélie. Ses yeux marron me scrutent, attendant que je lui dise tout. Je peux déjà prévoir la scène qu'elle va me faire. Elle n'aime pas ma famille et encore moins ma demi-sœur. Savoir que j'ai répondu au téléphone va être le sujet d'une énième querelle.

Cela fait six ans que je ne vois plus ma famille pour Amélie. J'ai décidé d'habiter avec elle après l'obtention de mon bac. Je n'avais pas prévu de devoir littéralement abandonner ma famille pour elle. J'ai tenté de comprendre le problème entre eux. Mes parents sont bien élevés, toujours respectueux envers elle. Quant à Amber, elle a son caractère bien à elle, mais est aussi polie avec Amélie. Du moins, ils l'étaient il y a six ans.

Rester éloigné d'eux me donne l'impression d'être abandonné. Les premiers mois, je sortais les voir. Puis, quelque temps après, Amélie a commencé à être insupportable. J'ai donc tenté de les voir en cachette. Mais elle m'a surpris, un jour. J'étais avec Amber et ma mère dans un centre commercial. J'avais prétexté à Amélie avoir des rendez-vous toute la journée. Malheureusement, je me suis fait prendre la main dans le sac. Je n'aime pas mentir. Mais je n'avais pas trouvé d'autre option.

Je n'arrive pas à m'imaginer ce qu'Amber peut ressentir. Elle a été abandonnée si jeune par ses parents, puis adoptée par un couple assez spécial. Ce n'est qu'à la mort de l'homme, qu'elle a pu être adoptée par ma — future — belle-mère, à ses neuf ans. Car la femme ne pouvait plus s'en occuper.

Puis, ma belle-mère est venue habiter chez mon père et moi. J'étais très content. Ils passaient mal de temps avec nous deux. Je n'avais pas de quoi être jaloux. J'étais autant aimé que ma demi-sœur.

Je ne me souviens de pas grand-chose de mon enfance, je sais juste que ma mère biologique est morte lorsque j'étais très jeune. J'ai alors considéré ma belle-mère comme ma vraie mère. Elle a toujours été là pour moi. J'étais aux anges. J'avais une petite sœur, alors que j'aurais dû être fils unique. Et j'avais une mère tandis que j'avais perdu la mienne. Je prenais grand soin de ma demi-sœur, toujours à l'aider ou à la protéger. Elle était comme mon petit ange. Celle qu'on ne m'avait pas prise, même si son arrivée à la maison avait tout chamboulé. Les premiers mois ont été compliqués. Amber avait à peine quatorze ans et ne s'habituait pas à ce changement de vie. Elle passait ses journées seule et, quand nous étions là, elle ne parlait pas. Ce n'est que bien plus tard, après mon entêtement, qu'elle a fini par tout m'avouer. Le couple qui l'avait adoptée était ignoble avec elle. Quand elle fut en âge d'être autonome, la femme lui donnait toutes les corvées. Quant à l'ignoble homme, il s'en prenait physiquement à elle. Souvent alcoolisé, il s'énervait et la frappait sans grande raison.

Son histoire m'a touché. Encore plus quand elle m'a montré les quelques cicatrices qu'elle avait. Son bras droit, son dos et sa cuisse gauche ont des marques indélébiles. Des cicatrices laides qui l'ont empêchée de se construire facilement.

Je ne suis pas resté muet. J'en ai immédiatement parlé à mon père, même si elle ne le voulait pas. Pour moi, il était impossible que je garde ça. Ma relation avec mon père était très fusionnelle.

Mon père a donc mis les choses au clair, lors de notre première réunion de famille. Il ne la toucherait jamais,

mais serait là pour elle, quoi qu'il arrive. Il lui a dit que, si elle ne se sentait pas bien ici, ils pourraient opter pour faire maison à part.

Même ma belle-mère était d'accord. Ils ne voulaient pas brusquer Amber. Cette dernière n'a pas hésité. Elle savait sa mère adoptive amoureuse de mon père et ne voulait pas les séparer. Elle a pris sur elle et a accepté sa nouvelle vie.

Cette discussion a changé pas mal de choses entre nous. Nous étions soudainement plus proches et elle semblait plus vivante. Souriante, rigolote et parfois mesquine. Son comportement s'était amélioré et sa vie passée oubliée.

Je reprends mes esprits en secouant ma tête de droite à gauche légèrement. Amélie continue toujours de me sonder attentivement. J'inspire profondément et tente de me donner du courage. Mes doigts tapotent contre la table en signe de peur.

— C'était qui ? me demande-t-elle, comme si elle ne le savait pas.

— Mes parents.

Ses sourcils se froncent et sa mâchoire se crispe. Je sais bien que je vais y passer. Des heures et des heures de dispute pour qu'à la fin, elle me dise que si je veux y aller seul, je n'ai qu'à y aller seul.

— Que veulent ta belle-mère et ton père ?

Je roule des yeux avant de les reposer sur elle.

— Amélie, soufflé-je. Ils nous invitent pour Noël.

— Non, fait-elle sèchement. De toute façon, j'ai déjà dit oui à ma mère. Donc la question est réglée.

Je reste sur le cul. Elle ne m'a pas parlé une seule fois de cette invitation. Nous nous disons pratiquement tout. Pourquoi ne m'en a-t-elle pas parlé ? Pourquoi prendre la décision seule ? Nous sommes un couple, nous devons choisir à deux !

— Chérie, insisté-je. Tu sais bien ce que je pense du vingt-quatre décembre...

— Ouais, je sais, mais j'en ai ras-le-cul de devoir supporter ta tristesse durant cette fête ! Si tu ne veux pas venir, alors ne viens pas. Je m'en fous. J'irai voir ma famille sans toi, sans que tu restes dans ton petit coin à bouder comme un gamin !

Son ton est froid. Condescendant. Elle me prend pour un enfant qui fait une crise.

Jamais je ne l'ai empêché de faire cette fête. Elle l'a même toujours fait, avec ou sans moi. Mais avant, elle m'en parlait. Jamais elle n'avait accepté en gardant le silence.

— Bah alors vas-y, lancé-je. Je m'en fous, moi. Si tu t'y amuses, c'est le plus important.

— Ah ouais ? Et toi, tu vas faire quoi ? Tu vas aller chez tes parents ?

Encore une fois, elle n'a pas compris. Je me lève pour contourner la table de la salle à manger. Elle reste assise à m'observer marcher jusqu'à elle.

— Tu sais bien que non. Je vais rester ici et dormir la plupart de la journée.

Un mauvais rire s'échappe de sa gorge. Sa tête se secoue de droite à gauche, incrédule.

— Ne me prends pas pour une conne. À la première seconde où j'aurai foutu les pieds hors de l'appartement, tu iras les rejoindre !

Elle n'a pas confiance en moi. Et, quand bien même je déciderais d'y aller, je la préviendrais auparavant. Puis, elle me ferait probablement une crise similaire à celle-ci. Autant éviter !

— Je ne comprends toujours pas pourquoi tu ne veux pas que je voie ma famille...

Ses yeux déjà noirs de colère se rétrécissent. Heureusement qu'elle n'a pas de pouvoirs, sinon je serais déjà troué comme un gruyère !

— Tu vois ! Tu me prends pour une conne ! Non, mais vraiment !

Mauvais *timing* pour poser cette question. J'aurais dû fermer ma gueule !

— Tu te prends pour une conne toute seule, répliqué-je amèrement. J'ai tout fait pour toi, hein. J'ai fini par accepter de mettre ma famille de côté. J'accepte vraiment tout pour ton amour. Mais toi, tu n'arrives pas à comprendre que j'ai aussi besoin de certaines choses ?

Je marque une courte pause pour l'examiner. Elle reste interdite, la bouche entrouverte.

— Par exemple, je désire ne pas fêter Noël. Que ce soit chez tes parents ou les miens. Mais par contre, oui, j'aimerais bien les revoir, vois-tu ? Avec toi. Qu'on mette les choses à plat une bonne fois pour toutes ! Car j'en ai marre de ne pas comprendre.

Comme elle ne me répond pas et baisse la tête, je pousse un soupir et pose ma main sur sa joue. Ce contact a le don de la faire frémir. Je le vois bien. Elle est si mignonne quand elle tente de cacher son désir.

— Allez, insisté-je, d'une voix plus douce. Qu'est-ce qu'il s'est passé entre vous ? J'ai besoin de savoir pour comprendre...

Sa main se lève en l'air pour me faire taire.

— Gab, je ne veux pas voir ta putain de sœur, m'annonce-t-elle.

Ma bouche s'entrouvre. Je sens mon cœur se serrer. Comment ose-t-elle parler comme ça de ma demi-sœur ! Je me sens bouillir de l'intérieur. Mais il ne faut pas que je m'énerve contre elle.

Je sais donc que le problème vient d'Amber. Mais pourquoi ?

— Amber est ma demi-sœur, rétorqué-je agressivement.

— Exactement, c'est une gamine adoptée ! Elle ne fait pas partie de ta famille ! Tu n'as donc pas besoin de faire comme si tu devais la voir !

Elle se met à crier tout en se levant de sa chaise. Elle se positionne devant moi, les bras croisés sur sa poitrine. Si elle pense m'impressionner, ce n'est pas le cas.

— Amber est ma demi-sœur, que tu le veuilles ou non. Elle fait partie de ma famille, de ma vie, de mon cœur. Tu ne peux pas être jalouse d'elle.

— Je ne suis pas jalouse d'une garce comme elle !

— Amélie ! hurlé-je.

— Ce n'est pas vrai, peut-être ? me demande-t-elle en criant. Elle t'a utilisé au lycée ! Gabriel ! Tu es juste con ! N'as-tu pas vu qu'elle faisait tout pour draguer les garçons ? N'as-tu pas vu qu'elle est une...

— Arrête, Amélie, la coupé-je. Ma demi-sœur n'est pas comme ça. Tu ne la ne connais pas.

Si elle savait tout ce qu'il s'est passé au lycée !

Elle se met à rire, avant de tourner les talons. Elle se dirige vers la cuisine en claquant des pieds. Je quitte rapidement la salle à manger pour me réfugier dans la chambre. Je suis complètement chamboulé par sa façon de parler d'Amber. Amélie se met dans des états pour rien. Je ne sais pas ce qu'il s'est passé au lycée entre elles, mais je dois tenter à nouveau de le demander à Amber.

D'ailleurs, je prends mon téléphone portable et décide pour la première fois de lui envoyer un message sans le dire à Amélie. Au pire, que pourrait-elle faire ? Me priver de téléphone ? Cela m'étonnerait fortement !

Gabriel : *Salut Amber... Comment vas-tu ? Je voulais te poser une question...*

Je reçois sa réponse quelques minutes après. Étrangement, en remarquant qu'elle m'a répondu, mon cœur se met à battre lourdement. Je suis stressé par sa réponse.

Amber : *Salut ! Je vais bien, et toi ? Ça fait longtemps, dis donc... Ta petite-copine t'accorde ces SMS haha ? Bien sûr, vas-y.*

Gabriel : *Pas mal... Ouais, c'est vrai. Elle n'en sait rien. Et heu... c'est à propos de toi et elle, justement. Il s'est passé un truc entre vous deux ? Enfin, je n'arrive pas à comprendre pourquoi elle te déteste...*

Amber : *Jalousie.*

Gabriel : *Amber... Ne me dis pas qu'il n'y a rien. Elle vient même de me faire une scène en pensant que je pourrais venir au réveillon !*

Cette fois-ci, sa réponse se fait désirer. J'en profite pour me changer. J'enlève ma chemise et mon pantalon. Je vais les mettre dans le panier à linge dans la salle de bain. De retour dans la chambre, mon téléphone se met à sonner. Je m'assois sur le lit et lis le message.

Amber : *Fais-moi confiance. Tu ne dois rien savoir. Ça ne te regarde pas. Ah mais... tu viens aussi ?*

Gabriel : *Pourquoi ? J'ai le droit de savoir. Ce secret fout la merde ! Et non, je ne viendrai pas. Toi, oui du coup ?*

Amber : *Abandonne pour l'instant. Je te le dirai... si tu viens. ;)*

Voilà qu'elle me fait du chantage !

Gabriel : *Je ne viendrai pas, mais je le saurai à un moment donné. Crois-moi.*

Amber : *Bon courage !*

Gabriel : *Merci ! Je vais en avoir besoin haha. Deux têtes de mules.*

Comme je ne reçois plus de message, j'opte pour lui envoyer un second. J'ai très envie d'en apprendre plus sur ma demi-sœur. Je n'ai pas eu de nouvelles depuis longtemps ! Elle pourrait être mariée et grand-mère ! OK, j'abuse un peu là.

Gabriel : *Tu habites toujours avec Papa et Maman ? Tu n'as pas de copain ?*

Amber : *Non, j'ai mon appartement pas loin de chez eux. Et si, j'en ai un.*

Gabriel : *Ah ! Cool ! Il s'appelle comment, l'heureux élu ?*

Pour être honnête, oui, j'ai peur. Peur qu'elle tombe sur le mauvais. Peur qu'il lui fasse du mal, ou pire encore. Je secoue la tête pour penser à autre chose. Il faut que j'arrête de voir le mal de partout !

Amber : *Ce n'est pas vraiment... enfin ce n'est pas officiel. Tu vois ?*

Sa réponse me laisse perplexe. Je n'ai pas le temps de répondre. La porte de la chambre s'ouvre soudainement. Amélie me regarde de haut tout en se collant contre l'encadrement de la porte, l'air agacé.

— C'est qui ? m'interroge-t-elle sèchement.

— Amber.

Amélie se décompose littéralement. Elle se décolle pour s'avancer vers moi. Je sais déjà comment ça va se finir !

— Tu te fous de ma gueule ? s'écrie-t-elle, énervée. Tu es en caleçon pour lui répondre ! Tu t'en rends compte ! Qu'est-ce qu'il y a ? Elle te chauffe ? Pourquoi lui parles-tu ?

Wouah. Elle a vraiment un problème là ! Se rend-elle compte qu'elle parle de ma demi-sœur ?

— S'il te plaît, ne crie pas. Je ne vois pas pourquoi tu t'énerves. J'étais sur le point de me changer. Et puis, je n'ai pas à me justifier.

— Non, tu ne fais pas ce que tu veux. Tu es à moi !

Son ton commence à m'agacer. Elle me fait un genre de crise de jalousie pour rien. Je baisse la tête vers mon téléphone pour répondre. L'ignorer est la meilleure chose à faire, selon moi.

Gabriel : *Ouais, donc parce que ce n'est pas officiel, je n'ai pas le droit de connaître le nom de ton chéri ?*

J'entends ma copine continuer à râler. Je ne fais pas attention à elle et attends la réponse d'Amber.

Amber : *Exactement. C'est une surprise. Sur ce, on reparle plus tard. Je dois y aller. À plus Gab.*

Gabriel : *OK. Salut princesse.*

Je verrouille l'écran de mon téléphone. Je le pose sur le lit, après m'être levé. J'ignore toujours royalement Amélie. Ne comprend-elle pas que je suis fatigué de ces disputes à propos de ma famille ? Je viens de rentrer du travail et je me fais incendier, parce que je parle de ma sœur. Car le problème pour Amélie est ma demi-sœur. Sûrement pas ma mère ou mon père.

Elle continue superbement à gueuler, tandis que je me saisis de vêtements propres. Je les mets dans la salle de bain et ferme la porte à clé derrière moi. Après une douche rapide, je sors, prêt à manger. Je me rends à la cuisine. Il n'y a personne. La table n'est pas mise. Seul un mot y est. Je le prends et le lis à voix haute.

Gab, je suis partie manger avec des amis. Je rentrerai
tard. Nous aurons une discussion demain. Profites-en
pour réfléchir un peu. Amélie.

Je roule en boule le papier, tout en jurant. Je le fous à la poubelle, puis me retourne pour examiner la cuisine. L'idée de faire de la bouffe maintenant m'exaspère. Je décide tout de même de me préparer un truc rapidement. Je n'ai pas non plus envie d'appeler pour commander. Je prépare tout ce dont j'ai besoin sur le plan de travail. Je me mets à couper les carottes et les pommes de terre. Je les mets dans une casserole, puis y mets de la crème.

Une fois le repas fait, je mange doucement. Je n'aime pas aller vite. Tandis que je mets ma fourchette à la bouche, j'entends mon téléphone sonner. Je souffle, puis cours pour répondre. Il s'agit de mon collègue, Florent. Je refuse directement sa proposition de venir l'aider. Faire des heures supplémentaires maintenant n'est pas envisageable. Je veux juste me coucher au plus vite. Il râle, mais n'insiste pas. Après tout, c'est son dossier, pas le mien. Il est la dernière personne à venir m'aider, quand j'ai besoin d'assistance.

Après le repas, je ne perds pas de temps. J'ai tellement sommeil que mes yeux se ferment tout seuls.

Chapitre 2

Je tends la main pour attraper deux paquets de chips nature. J'observe ce qu'elles contiennent pour garder celle à la meilleure composition. Avant, je ne me souciais jamais de ça. Mais depuis qu'Amélie y fait attention, je fais de même. J'ai donc découvert des choses que je n'aurais jamais crues ! Il y a des ingrédients effroyables rien que dans un paquet de chips !

Maintenant, les courses me prennent trente minutes de plus, le temps de tout contrôler. Mais ça en vaut la peine, après tout.

Je file entre les rayons. Dans mon caddie se trouvent presque tous les articles présents sur la liste d'Amélie. Il ne me reste plus que son magazine féminin, des serviettes de menstruation et un fond de teint. Je sais exactement où les trouver. J'ai l'habitude de faire les courses et de lui prendre tout ce dont elle a besoin.

Arrivé dans le rayon beauté, je bloque devant l'étagère des fonds de teint. Il y en a beaucoup, de toutes marques et de tous prix. Sur le papier que je tiens entre mon pouce et mon index, il n'y a pas beaucoup d'indications. Juste le numéro de la teinte. Porcelaine. En quoi ça doit m'aider ? Quel produit prend-elle ? Si je lui prends le plus onéreux et qu'elle y est allergique ?

Je lâche un soupir. Je dois me concentrer et me rappeler ce qu'elle a dans sa pièce à maquillage. Tout. Je crois bien qu'elle a tout. Tous les genres de produits. Il y a même des choses dont je serais incapable de trouver la fonction !

Il faut que je me concentre sérieusement. Passé un quart d'heure dans un rayon à cause d'un truc liquide qui s'applique sur le visage m'agace. Je n'ai pas que cela à faire ! Ce soir, c'est à moi de faire à manger. Il est déjà sept heures dix. Nous avons des heures de repas. Le repas doit être servi vers huit heures quinze. Le temps que je rentre et prépare quelque chose, je vais être en retard !

Si ! C'est un fond de teint pompe en verre. Je reconnais le modèle directement. Sauf qu'il n'y a pas sa teinte. J'ai beau chercher et sortir tous les flacons, la couleur porcelaine n'y est pas. Eh, merde ! Je vais devoir aller dans un autre magasin ! Hors de question de revenir sans.

Je vais donc à la caisse, paye mes courses et pars en direction du magasin le plus proche. Finalement, je trouve la bonne teinte. J'entreprends de rentrer chez moi. Je suis lessivé. La journée a été longue. Je n'ai que deux envies, faire à manger et aller me coucher. Si ce n'était que de moi, je ne prendrais même pas la peine de faire un tour en cuisine.

Sur le parking, je dépose le sac de courses à l'arrière et me mets au volant. Mes yeux se posent sur une voiture en face de moi. Mon cœur rate un battement. Je reconnais les personnes assises à l'intérieur. Ils m'ont aussi reconnu. Désormais, ils sortent de leur véhicule et se dirigent vers moi. Je mets le contact, comme un lâche. Je dois partir sans leur parler.

Mais voilà Jade qui toque à ma fenêtre. J'hésite. Je ne sais pas si je dois la baisser et leur parler.

D'un autre côté, c'est mon père et ma belle-mère. Ils ont toujours été là pour moi quand j'avais besoin d'aide. Puis, Amélie n'est pas là. Elle n'en saura rien ! J'ouvre la portière et sors sous leurs regards inquiets. Je ne sais pas si c'est le destin, mais il fallait quand même qu'on se croise ici !

Les mains moites, j'ose relever ma tête. Mes parents sont muets. Je peux remarquer que Jade est triste, tandis que mon père ne laisse paraître aucune émotion. Je ne sais pas quoi faire, ce genre de moment est embarrassant.

C'est Jade qui rompt le malaise la première. Elle se jette dans mes bras en retenant un sanglot. Mon cœur se serre en la sentant si proche. Elle m'a manqué. Ils m'ont manqué.

— Mon fils, chuchote-t-elle, plusieurs fois de suite à mon oreille.

Je tente malgré moi de rester stoïque. Au fond, j'ai envie de me battre pour faire comprendre à ma petite-amie que, moi aussi, j'ai besoin de ma famille. Mais si c'est pour la perdre, je ne suis pas certain d'en être capable. Je l'aime. Je ne veux que son bonheur. Alors oui, c'est de la lâcheté. Abandonner sa famille pour être avec la personne qu'on aime est idiot. J'en ai conscience. Mais lorsque je suis face à elle, malgré mes tentatives pour lui faire comprendre, je cède. Oui, je suis faible devant ma merveilleuse femme. Enfin, future femme !

Car j'ai l'espoir de la demander, à nouveau, en mariage. Les trois autres fois ont été vouées à l'échec. Mais je sais qu'un jour elle acceptera. Je suis même quasiment certain qu'elle attend la plus belle et romantique demande ! Il ne me reste plus qu'à trouver la meilleure idée.

Il faut croire que la première fois, lors de notre voyage à Saint-Tropez sur un bateau, était vraiment trop facile. Certes, nous étions sur le ponton, seuls. Mais quand j'y repense, j'aurais dû apporter quelque chose de mieux, de magique. Puis la seconde demande a eu un refus par ma faute. J'étais trop stressé et avais peur qu'elle refuse. C'est ce qu'il s'est passé ! Je devrais vraiment apprendre à me contrôler.

Pour la dernière fois, c'était il y a deux mois. Nous étions à Paris, à la tour Eiffel. Notre table était très bien placée, nous pouvions voir la merveilleuse vue de la ville. Mais, là encore, j'ai essuyé un refus. L'explication qu'elle m'a donnée ce jour-là m'a profondément chamboulé. Elle ne désirait pas se retrouver bloquée avec moi. Car oui, pour elle, mariage est signe de prison. Sur ce point, elle se trompe lourdement. Pour moi, c'est l'une des plus belles preuves d'amour. Preuve qu'il n'y aura que cette personne jusqu'à la fin.

Quand Jade se sépare de moi, elle ne me lâche pas du regard. Ses deux mains viennent prendre mon visage pour que mes yeux bleus se plongent dans les siens. Quand la connexion de notre regard est brisée, elle pose ses pupilles partout sur moi. Mes joues, mes cheveux, mon nez, mes lèvres. Elle m'inspecte lentement. Je fais de même. Elle a vieilli ce qui me donne un coup en plein cœur. Ce n'est plus la femme souriante en toutes circonstances. Là, elle a le visage marqué par le temps. Ses lèvres ne sont plus étirées en un chaleureux sourire que j'avais l'habitude de voir.

Mes pupilles glissent sur mon père. Il nous observe en silence. Il a les cheveux gris, des rides, un peu de ventre. J'ai presque l'impression d'être avec des amis, pas avec mes parents. Cette connexion parents/enfants a disparu depuis que j'ai fait silence radio par obligation.

Jamais je n'avais fait ça avec mon père. Mais j'en ai besoin ; de le prendre dans mes bras. Le revoir après de longues années me fait prendre conscience que je n'ai pas été le fils parfait. De ma famille biologique, mon père est la dernière personne vivante. Il a fait pas mal de choses pour moi, pour que je sois heureux malgré la mort de ma mère. Et moi, en retour, je l'ai abandonné pour ne pas perdre ma petite amie.

Je me sens nul. Non, en fait je n'arrive même pas à trouver un mot pour décrire ce que je ressens. J'ai merdé.

Nous nous mettons à parler. De tout et de rien. À nous poser des questions sur nos vies. Autant être honnête, un large sourire ne quitte pas mes lèvres. Jade se tient à mes côtés et serre ma main dans la sienne depuis le début de notre conversation. Sa peau est froide et douce. Elle se réchauffe petit à petit.

Là, c'est sûr, je suis en retard. Amélie va rentrer et ne me verra pas dans la cuisine. Pour la prévenir de mon retard, je lui envoie un message. Je n'obtiens aucune réponse. OK, je vais morfler en rentrant ! Si, en plus, je lui dis la raison, je vais être bon à passer la semaine sur le canapé.

Le téléphone rangé dans ma poche, je reporte mon attention sur mes parents. Ils ont l'air d'attendre une réponse. J'arque un sourcil. Je n'ai pas entendu ce qu'ils m'ont dit.

— Hein ?

Ma voix n'est pas sûre.

— Pour le réveillon, tu pourrais venir avec Amélie, propose Jade. Je n'en peux plus de ne pas pouvoir te voir, mon chéri. Tu nous manques !

Merde. Il fallait bien qu'ils abordent le sujet à un moment donné ! Je secoue négativement la tête.

— Vous savez très bien ce que je pense de Noël ! m'exclamé-je.

Le visage de Jade s'attriste, alors que celui de mon père se ferme.

— Ça fait longtemps, Gabriel, me dit-il agacé. Je sais que c'est encore dur pour toi, mais tu ne peux pas vivre dans le passé... Rien ne les fera revenir !

Il n'a pas tort. Mais comment puis-je faire la fête ? Cela reviendrait à célébrer gaiement la mort d'êtres chers.

— En plus, Amber aimerait te revoir... insiste Jade, en esquissant un léger sourire. Elle a plein de choses à te dire.

— Ouais, nous avons parlé un peu. Elle sort avec un homme, mais elle veut garder le prénom secret pour l'instant.

Jade pivote la tête vers son mari et lui lance un regard perdu. Merde ! Boulette. Je n'aurais pas dû en parler. Elle ne voulait peut-être pas leur dire avant !

— Oui, elle fréquente un jeune homme depuis quelque temps, m'indique mon père. Peut-être veut-elle t'en parler quand vous vous verrez face à face ?

En fait, c'est moi l'idiot. Ils sont au courant, pourtant je croyais que non, au vu de ce qu'elle m'avait dit. En même temps, nous ne nous étions pas reparlé depuis longtemps. C'est donc normal que je sois le dernier à le savoir !

Je hoche mes épaules et me redresse. Un frisson me parcourt de la tête aux pieds. Moi aussi, je commence à avoir la peau froide. La température a chuté. Un brouillard se forme petit à petit autour de nous et la nuit est déjà tombée. Nous sommes éclairés par les lampadaires sur le parking du magasin.

— Bon, on va y aller, dit Jade, il se fait tard. Puis, je ne veux pas qu'on attrape la crève !

C'est vrai qu'avec la chemise noire que j'ai, sans manteau par-dessus, je risque de tomber malade !

Nous nous saluons par des poignées de mains fermes. Tandis que je me retourne pour ouvrir ma voiture, la voix de mon père retentit.

— N'oublie pas de nous appeler pour nous dire que tu viens.

Ahah.

Que je viens. Ce n'est pas si je veux venir ou non. C'est une obligation de dire que je viens pour Noël. Il est très fort !

Je m'engouffre dans mon véhicule, sans lâcher des yeux mes parents. Ils sont magnifiques. Je porte ma main à mes yeux et les frotte nerveusement. L'émotion me gagne. Cette rencontre m'a retourné.

*

Amélie me toise méchamment. Elle n'aime pas ne pas avoir le dernier mot. Elle aime tout contrôler. Même moi. J'ai la sensation d'être son enfant. Ce qui est tout à fait désagréable.

En rentrant, j'ai eu droit à une très belle dispute sur mon retard d'une heure. S'imaginant des tas de choses complètement fausses, j'ai fini par lui dire la vérité. J'ai bien cru qu'elle allait m'arracher la tête.

— Donc ils te suivent et te retournent le cerveau pour que tu viennes chez eux !

Là, elle commence vraiment à m'exaspérer.

— Nous avons déjà eu cette conversation, sifflé-je. Et tu sais quoi ? J'ai réfléchi. Toi, tu peux voir tes parents, alors qu'ils sont exécrables avec moi ! Et tu m'interdis de voir les miens... Si tu m'aimais vraiment, tu me laisserais voir ma famille.

Je. Suis. Un. Homme. Mort.

Vu le regard qu'Amélie me lance, je vais finir en petits morceaux.

Avec moi il n'y a pas de demi-mesure. Soit je suis trop gentil, soit trop méchant.

— Parce que je te protège de ta folle de... de... je ne sais même pas de quoi la qualifier ! De sœur adoptive ? De salope en manque ?

Oh putain. J'en ai marre.

Je laisse éclater une insulte qui résonne à travers le salon. Je me retiens comme je peux de péter un câble. Mes poings sont fermés. Je suis quasiment certain que les jointures sont blanches. Face à moi, Amélie a perdu de son assurance. Elle semble même tétanisée sur place. Ses yeux glissent sur le sol, rompant le contact avec les miens.

— Amber a été adoptée par ma belle-mère OK ? Elle est ma demi-sœur. Je ne comprends pas pourquoi tu l'insultes à chaque fois ! S'il y a un truc entre vous deux, dis-le-moi. Mais si tu l'insultes gratuitement à nouveau, crois-moi que ça va mal se passer.

Le silence a gagné la pièce. Debout au beau milieu du salon et face à face, nous restons figés. Je suis le premier à rompre la tension en m'avançant vers elle. Je l'aime, je ne veux pas la perdre, mais elle doit me comprendre. Je me suis assez sacrifié pour n'avoir presque rien en retour.

— Je t'aime, Amélie, soufflé-je à son oreille. Plus que tout. Mais maintenant, si je veux voir ma famille, j'irai. Comme toi tu vas voir la tienne. D'accord ?

Mes mains se faufilent le long de son dos, sous son haut marron.

Je me sens fier et puissant de m'imposer. Bien que mes muscles soient tendus sous la pression.

— Oui... je vois, chuchote-t-elle, d'une voix tremblante.

Si j'avais su, j'aurais dit ce que je pensais avant ! Quel con !

Le passé est le passé. J'ai maintenant le pouvoir de modifier le futur. Je vais profiter de la vie, passer du temps avec ma famille et créer la mienne !

Tout contre moi, elle dépose sa tête contre le creux de mon cou. Ses lèvres déposent un baiser mouillé. Une odeur me monte au nez. Ce n'est ni la sienne ni la mienne. Une odeur marine, ce dont j'ai horreur. Je grimace et me recule.

— Tu es allée à la mer sans moi ? plaisanté-je.

Elle roule des yeux, en faisant non de la tête.

— Je sentais mauvais après avoir couru pour ne pas arriver en retard ce midi. J'ai pris le parfum de mon collègue, tu vois, celui avec la coupe de cheveux étrange ? Sens, j'en ai foutu sur tout mon tee-shirt.

Elle me tire le haut de son tee-shirt pour que je sente. Ce que je fais. Je hume, puis remonte jusqu'à sa poitrine.

— Recule-toi, ordonne-t-elle. Je pue vraiment !

Je souris bêtement, mais ne m'écarte pas pour autant.

— Pas du tout, contrairement à mon collègue... alors que lui ne court jamais !

Un rire s'échappe d'entre ses lèvres. La voilà enfin, la femme que j'aime. Qui rigole à mes blagues et s'embrase contre mon corps.

Ma main droite vient se glisser sous son vêtement pour caresser ses seins nus. Ma bouche remonte, embrasse chaque parcelle de peau, jusqu'à son oreille. Mes dents saisissent son lobe que je mordille en souriant. Je sais qu'elle adore ça. Je la sens se cambrer sous mes caresses.

Étonnement, elle s'écarte de moi. Ses deux mains attrapent mon visage et me forcent à plonger mon regard dans le sien.

— Ne crois pas que tu vas t'en tirer, lâche-t-elle froidement. C'est à ton tour de faire le repas. La cuisine est toute à toi. En attendant, je vais me doucher. Il faudra que ce soit terminé, hein.

La bouche entrouverte, je l'observe s'éloigner. J'aurais pourtant cru qu'elle ne m'aurait pas attendu pour manger ou même pour se laver. En général, la douche est la première chose qu'elle fait quand elle rentre du travail. À croire qu'elle m'a juste attendu en colère.

Je m'attaque donc à préparer un petit plat rapide. D'ailleurs, je fais ce qu'elle adore, comme pour me rattraper un peu. Encore une chance qu'elle ne soit pas plus méchante. J'aurais pu finir la semaine à dormir seul sur notre grand canapé. Cela n'aurait pas été trop horrible, autant être sincère. Le canapé est très confortable et j'ai eu plusieurs fois l'occasion de dormir dessus.

Quand Amélie revient, enroulée dans une serviette rose, elle s'installe autour de la table. Je lui pose son verre rempli d'eau et la sers. Malgré quelques tentatives de discussion, le dîner se passe en silence. À la fin, je débarrasse et nettoie tout. Je peux enfin souffler et aller me prendre une douche en vitesse. Je suis crevé.

Dans la cabine, l'eau froide me réveille. Lorsque je frissonne trop, je sors et me sèche. Je ne m'éternise pas. Mon lit m'appelle depuis ce matin. Maintenant, c'est inévitable. Je vais me coucher !

Amélie est déjà allongée, en train de regarder son téléphone. Elle reste rivée dessus et se tourne quand je m'allonge à ses côtés. Ses doigts semblent pianoter sur l'écran tactile. De là où je suis, impossible de voir ce qu'elle fait, je me tourne dos à elle. Si je commence à devenir paranoïaque, notre relation va se dégrader. Elle a le droit de parler avec des gens. Je ne peux pas tout contrôler par peur.

Petit à petit, je sombre dans le sommeil. Seule sa lampe de chevet éclaire faiblement la pièce. Au bout d'un certain temps, je sens Amélie se coller contre mon dos. Ses lèvres déposent un baiser sur ma nuque.

— Vas-y, chez tes parents, souffle-t-elle. Va à cette fête et j'irai chez mes parents.

Est-ce vraiment un accord de sa part ? Ou une menace ? Non, sa voix m'indique qu'elle accepte que je voie ma famille ! Si elle pouvait me voir, elle verrait l'énorme sourire qui étire ma bouche.

— Justement, je ne veux pas. C'est ce que je t'ai dit la dernière fois. Je n'aime pas Noël...

— Gabriel, fais un effort. Tu as bien dit que tu voulais un gosse ? Je refuse que notre enfant ne fasse pas Noël à cause du décès de deux membres de ta famille.

Notre enfant ? Mon cœur palpite. Je croyais qu'elle n'en voulait pas. Aurait-elle changé d'avis ? Je suis figé, entre la joie et la peur. Un enfant rime avec bonheur et responsabilités. En vouloir un, c'est bien. Être capable de l'élever, c'est mieux.

Chapitre 3

La nuit a été réparatrice. Aujourd'hui, je me lève avec un sourire radieux. Dans la cuisine, je retrouve Amélie déjà préparée. Elle prend son petit-déjeuner, scotchée devant une feuille qu'elle tient entre ses doigts. Quand je m'installe en face d'elle, ses yeux humides se lèvent dans ma direction. Je fronce immédiatement les sourcils et me lève jusqu'à elle.

— Hé, qu'est-ce qu'il y a, bébé ?

— Tu... tu sais hier soir... après être sortie de mon travail... je suis allée chercher les analyses que j'ai faites entre midi et deux heures...

Elle se tait et me tend sa feuille. Je me sens mal. Hier, une fraction de seconde j'ai cru qu'elle avait pu me tromper. Alors que non, elle était au laboratoire, en train de se faire une prise de sang. Est-elle malade ? A-t-elle cru être enceinte ?

Je me saisis de la feuille et lis. Mes yeux s'écarquillent d'effroi. Je cligne plusieurs fois des paupières pour être certain de ne pas faire d'erreur.

Elle est enceinte.

Un cri de bonheur m'échappe. Je vais être papa ! Je lâche le papier sur la table et fonds dans ses bras. Je suis un homme comblé. Enfin, presque comblé ! Il ne manque plus qu'à faire d'elle ma femme. Là, je serai l'homme le plus heureux sur terre.

L'étreinte est rapidement coupée. Elle va être en retard et moi aussi. Pourtant, je rêverais de rester à l'appartement avec elle pour célébrer sa grossesse. Mais mes envies attendront.

— Je fais la décoration de l'appartement en rentrant ? m'interroge-t-elle, en se levant de la chaise.

Je pince mes lèvres. Je n'aime pas les décorations de Noël. Cela ne changera pas. Mais désormais, je dois faire un véritable effort. J'ai conscience d'être étriqué. Et il n'est pas question que mon enfant ne fête pas dignement Noël.

Alors voilà, j'ai décidé de changer. Ça va être sûrement compliqué. Je vais tout d'abord oublier ce que je me suis dit. Puis dans quelques années, je finirai par être libéré mentalement. Je ne serai plus hanté par la célébration la mort de deux êtres aimés.

— Je le ferai, me dévoué-je, en esquissant un faible sourire.

Amélie plisse ses yeux, comme si quelque chose était bizarre. Ce qui est le cas ! Elle n'ajoute rien et me dévie pour partir. Je prends ma sacoche et sors de l'appartement. Il est trop tard pour déjeuner, je boirai quelque chose à mon bureau.

Je me rends à mon travail, comme tous les jours, à pied. Il n'y a que dix minutes de route. À peine arrivé, je découvre que l'entrée a été décorée pour Noël. Il y a plein de guirlandes et un sapin vert orné de décorations rouges et dorées.

Je ne m'arrête pas pour contempler ça. Je suis déjà à la bourre. Et bon, m'extasier devant un sapin et des boules, ce n'est pas moi !

La journée se déroule normalement, mais mes pensées s'arrêtent sur ce qui va bientôt arriver. J'ai le pouvoir de changer ma vie. De devenir un époux, un père et surtout de faire en sorte qu'Amélie se rabiboche avec ma famille. Ce sont mes buts, à ce jour. Je ne demande rien de plus. Avoir une belle et grande famille.

Donc oui, avec les deux conversations que j'ai eues précédemment, j'ai décidé d'aller fêter le réveillon chez mes parents. Amélie ne viendra sûrement pas, mais tant pis. Je dois avancer d'abord tout seul, parce que le premier souci ne vient pas de ma petite amie, mais de la mort de ma mère. Toutes les personnes autour de moi ont raison. Je dois arrêter de ressasser et profiter de ma vie. Rien ne fera revenir les deux personnes que j'ai perdues.

Plus facile à dire qu'à faire. J'ai eu beau avoir une belle-mère et une demi-sœur, je me suis toujours arrêté sur le jour tragique. Aller de l'avant était inconsidérable pour moi. Je croyais que ça meurtrirait leurs mémoires.

En fait, je n'ai jamais fait mon deuil. Je viens de m'en rendre compte. Je n'ai jamais voulu imaginer que je les avais vraiment perdues. J'espérais même, quand j'étais petit, que ce n'était qu'un mauvais rêve et que je les reverrais. Ce qui n'a jamais été le cas et ne le sera jamais. Je dois être lucide, Teri et Laure sont belles et bien mortes depuis des années.

Finalement, j'ai hâte d'être au vingt-quatre au soir ! Revoir Amber m'intrigue. Je suis parti comme un lâche, n'assumant pas la conséquence de ce qu'il s'était passé. Je n'ai même pas eu le courage de m'excuser. Accepter stupidement de ne plus revoir ma famille a servi à m'éloigner de nos erreurs. Oui, m'éloigner, mais pas oublier.

En même temps, comment pourrais-je oublier ? Des bribes de souvenirs refont parfois surface. Cela m'empêche de fermer l'œil. Pire, mon estomac se retourne. J'ai fait des conneries dans ma vie, mais celles avec Amber ont été les pires. Si les choses avaient été différentes, je n'aurais pas regretté. J'aurais même été heureux. Mais la vie a fait que c'est impossible. Que je ne dois pas m'arrêter sur des détails.

Merde. Qui dit aller au réveillon de Noël dit cadeaux. Sur mon emploi du temps, il me faut trouver un long moment pour aller faire les boutiques. Peut-être demain. Car après, je ne vois pas du tout quand j'aurai le temps !

Je sais bien que ma mère aime les bijoux et mon père l'alcool ou les parfums.

Pour Amélie, je prendrai aussi des bijoux, puisqu'elle aussi les aime.

Quant à Amber, la tâche est plus compliquée. Elle n'aime pratiquement rien. Elle trouve que les bijoux sont beaux, mais inutiles. Elle ne boit pas d'alcool et je sais bien qu'elle a des parfums, puisqu'elle travaille dans une parfumerie. Ça ne serait pas intelligent de ma part de lui en offrir. Je porte mon intérêt vers du maquillage.

Je finis par me dire que c'est une mauvaise idée. Elle risque de mal le prendre, bien que je la connais assez pour lui acheter des livres, car elle raffole de ça.

Oui, mais des livres de quel genre ? Telle est la question !

*

Amélie a insisté pour m'accompagner en ville. Nous sommes donc en train de faire les boutiques. Je ne sais même pas comment je vais pouvoir lui prendre un cadeau sans qu'elle ne s'en rende compte.

Au pire, je vais faire croire que c'est pour ma belle-mère.

Une fois que j'ai trouvé ce que je vais offrir pour ma belle-mère, mon père et Amélie, j'entraîne ma copine dans le rayon livres. Elle se laisse faire, pour une fois.

Dans le rayon, je me mets à chercher n'importe quel type d'ouvrage. Je tombe sur des romans de science-fiction.

Exactement ce qu'Amber ne lit pas. Il ne me faut pas longtemps pour faire le tour et tomber sur un rayon où je sais qu'Amber prend des livres.

Je vois du coin de l'œil qu'Amélie est complètement figée sur moi. Je relève la tête pour poser mes prunelles sur elle. Elle fait quelques pas vers moi et attrape le livre que j'ai dans les mains. Je n'ai même pas eu le temps de lire le résumé ou même de regarder la couverture. Elle prend quelques secondes pour l'examiner, puis reporte son attention sur moi. Son visage, pâle, est tiré. Elle semble ne pas aimer ce que j'avais dans les mains.

— Depuis quand lis-tu ce genre de livres ? D'ailleurs, depuis quand lis-tu, toi ?

Je hausse un sourcil, amusé par ce qu'elle dit. Elle sait bien que je lis des livres. Pourquoi me fait-elle passer pour un débile devant des clients ?

— Ce n'est pas pour moi, chérie, mais pour Amber.

À ce moment-là, je me rends compte que j'ai peut-être fait une erreur en lui avouant ça. Elle me lance un regard noir qui me fait froid dans le dos. Là, je sais bien que je vais encore lui devoir des explications, devoir la rassurer.

— Pourquoi tu lui prends du sentimental ? m'interroge-t-elle, agressivement.

— Bah, ce sont des histoires à l'eau de rose, non ?

Je ne lis pas ce genre de choses. D'ailleurs, je n'ai jamais ouvert un livre de cette catégorie. Je suis plus fan des romans parlant de héros, d'apocalypses ou autres.

Un léger sourire se dessine sur ses lèvres maquillées d'un rouge à lèvres rouge. Il ne reste pas longtemps et finit par se transformer en une moue.

— Il y a surtout du sexe, oui.

Voilà donc le pourquoi du comment. Je suis agacé, je prends le livre et le repose. Sa main m'arrête, alors que la mienne approche de l'étagère.

— Sérieux, tu crois t'en tirer comme ça ?

— Amber aime ce genre de livres, lancé-je.

— Le contraire m'aurait étonné. Et toi, tu fonces direct lui acheter ce genre de livres ? Tu t'en rends compte ?

— Premièrement, je ne sais pas quoi lui prendre. Deuxièmement, je ne vais pas prendre un truc qu'elle n'aime pas. Et troisièmement, je ne savais pas qu'il y a ce genre de choses dans cette catégorie de livres.

J'ai dit ça avec douceur, du mieux que j'ai pu. J'observe ma copine grimacer. Elle n'est pas convaincue.

De mon point de vue, je pense qu'elle est simplement coincée. Elle ne veut pas qu'on la case dans la catégorie « Lectrices d'érotique ». Car je sais pertinemment qu'Amélie lit aussi ce genre de roman. Je ne vois pas le mal. Les femmes font ce qu'elles veulent, tant qu'elles ne viennent pas m'embêter !

Ce qui ne semble pas être envisageable pour ma petite amie. Je la laisse faire ce qu'elle veut et elle vient quand même me reprendre sans arrêt. Sans oublier les discussions inutiles, les crises, les bouderies de sa part. J'ai la sensation de vivre avec une vieille. Elle ne se pose aucune question, n'essaie pas de se mettre à ma place. Pour elle, je suis celui qui fait toutes les erreurs. Je fais de mon mieux. Vraiment. Je veux seulement son bonheur, la voir sourire chaque jour et lui offrir ce qu'elle désire. Mais ces derniers mois sont assez compliqués. Et Noël et sa grossesse en rajoutent des couches.

Amélie se contente de faire une bouche en cul de poule. Il faut que je change de méthode, qu'elle comprenne que je veux juste offrir quelque chose à Amber.

— Alors, aide-moi à lui trouver un livre.

— Quoi ? Non, je ne vais pas t'aider à prendre un truc pour cette garce !

À chaque fois qu'elle insulte ma demi-sœur, mes poils se hérissent, ma mâchoire se crispe et l'envie de lui dire de la fermer me prend. Je fais un grand effort pour me contrôler. Je lui fais un petit sourire, mais contrairement aux autres fois, elle reste de marbre.

— OK, comme tu veux.

Je me détourne d'elle. Moi aussi, je peux faire comme elle, l'ignorer et bouder. J'entreprends alors la recherche d'autres livres. Peu importe s'il y a des scènes à caractère sexuel. Je sais incontestablement qu'Amber lit ça.

Quand nous étions encore au lycée, il nous arrivait de sécher les cours pour aller au magasin. À peine un pied dedans, elle fonçait directement dans le rayon livres et cherchait des livres sentimentaux. Je la suivais toujours, sans rien dire. J'étais impressionné par sa façon de choisir. Elle observait d'abord le titre, ensuite la couverture. Là, si la couverture ne lui plaisait pas, elle en prenait un autre. Mais si elle était à son goût, elle lisait le résumé. Là encore, soit il était bien soit non.

Avec tous les livres qu'elle a choisis, je suis pratiquement sûr de mon choix. Je vais dans le côté nouveauté, pour être certain de prendre un livre qu'elle n'a pas déjà. Je vérifie quand même les dates de sortie sur la quatrième de couverture des livres, au cas où. J'en trouve un pas mal. Il semble parler d'une jeune fille qui trouve un enfant à sa porte. Quelques mois plus tard, alors qu'elle cherche toujours les parents du bébé, elle tombe sur un homme désespéré.

Je choisis celui-ci, puis me dit que je devrais quand même prendre autre chose. Mes moyens financiers sont assez élevés. Je peux probablement me permettre des choses que d'autres ne peuvent pas. Mais cela n'est pas important pour moi. Je préfère faire plaisir qu'épater les gens avec des cadeaux complètement hors de prix, juste pour prouver ma richesse.

Alors que je pose doucement le livre dans le caddie, Amélie attrape mon bras. Elle tente de me tirer hors de ce rayon. Je lui demande ce qu'elle veut, mais elle ne me répond pas. Je me résigne à la suivre. Nous arrivons devant les bijoux, où j'ai déjà choisi ce que je voulais pendant qu'elle prenait une coque de téléphone.

Amélie me montre du doigt un collier très beau. Rien qu'à son visage rosé, je comprends qu'elle me fera une crise si je ne lui prends pas. Je lui fais mon plus beau sourire en acceptant de la tête. Sans attendre, elle se précipite vers le vendeur et lui dit ce qu'elle désire.

Si je lui refuse, elle va encore trouver quelque chose à dire sur le cadeau que je fais à ma sœur et je vais finir par craquer et lui accorder ce qu'elle veut. Autant aller plus vite et ne pas m'infliger des minutes de cris pour rien. De toute façon, si ce collier lui fait plaisir je n'ai pas à refuser.

Après avoir fait les courses, nous sortons et rentrons à l'appartement. Ce soir, je compte me coucher tôt. Demain, je dois présenter une maison à deux clients. Je leur ai trouvé la maison qui respecte tous leurs critères. Même la piscine et l'immense jardin. La maison se situe non loin du centre commercial, comme ils le désiraient.

Je me mets dans le lit. Amélie est toute souriante, comme à chaque fois qu'elle obtient ce qu'elle veut d'ailleurs. Seulement, je remarque qu'elle tient quelque chose de blanc. De là où je suis et de la façon dont elle tient l'objet, je ne vois pas de quoi il s'agit.

Je reporte mon attention sur la couverture que je lève pour me couvrir. Le coton caresse le haut de mon torse. J'exhale l'odeur lavande qui irradie du tissu en fermant les yeux.

Je les rouvre, quand je sens quelque chose sur moi. Il s'agit d'Amélie assise à califourchon sur mon bas-ventre. Là, je peux constater qu'elle tient une bouteille de chantilly. La lueur coquine dans ses yeux me laisse penser qu'elle ne compte pas me laisser dormir.

Seulement, elle sait très bien que je dois me lever tôt. Elle sait aussi bien les réunions que j'ai eues aujourd'hui. Je n'aime pas me plaindre, mais j'ai tout bonnement besoin de dormir. Ce petit jeu peut attendre plus tard.

— Chérie, je dois...

Elle pose son index sur ma bouche pour me faire taire. Je me saisis très vite de sa main et la repousse.

— Tu n'es pas drôle, se plaint-elle. On peut s'amuser...

— Tu sais bien que je...

— Ouais, j'ai compris, me coupe-t-elle la parole. Tu dois dormir, car tu vas ramener l'argent. Excuse-moi, mais tu n'es pas le seul à travailler.

Elle me lance ça comme si elle était énervée contre moi. Sans m'adresser un regard, elle jette la bouteille au loin dans la chambre, ce qui fait un raffut, et se couche en sous-vêtements.

— Non, répliqué-je. Tu travailles aussi. Mais tu dois comprendre que je peux être fatigué.

— Je voulais seulement te remercier pour ton cadeau, siffle-t-elle.

Je roule des yeux. C'est idiot !

— Je n'ai pas besoin de ce genre de remerciements, chérie. Te voir sourire est déjà amplement suffisant. Tu ne dois pas penser que c'est normal de coucher pour remercier d'avoir eu un cadeau. Car... je vais avoir l'impression que tu ne seras plus ma compagne, mais une prostituée. Tu vois ce que je veux dire ?

— Ouais, très bien.

La lumière s'éteint sans prévenir. Je ne sais pas quoi faire. Mon instinct me dit de la laisser et mon cœur me dit de tenter une approche pour me faire pardonner. Car même si je pense avoir raison, j'ai peur qu'elle ait mal interprété mes mots !

Comme à chaque fois, j'écoute mon instinct.

Pour me faire comprendre qu'elle boude, elle bouge encore et encore. Elle le fait exprès pour ne pas que je m'endorme. Amélie me connaît très bien. La moindre lumière, le moindre bruit m'empêche de dormir. Je me tourne dos à elle et tente de trouver le sommeil.

Soudainement, la lumière s'allume. Je grimace et cligne des yeux pour m'habituer. Je l'entends trifouiller des choses, mais n'ose pas bouger. Au bout de quelques minutes de silence, je me tourne vers elle. Elle est à moitié couchée sur le lit en train de lire un livre. Ses cheveux sont relevés en un chignon et elle porte ses lunettes de vue, qui lui vont à ravir !

Elle tourne une page, concentrée dans sa lecture. Ses yeux glissent de droite à gauche, au fur et à mesure.

— Tu es sérieuse ?

Ses épaules se haussent nonchalamment.

— Je n'arrive pas à dormir, m'annonce-t-elle en souriant. Mais si tu as besoin de sommeil, tu connais déjà le canapé.

— Amélie..., ralé-je.

— Chut.

Je roule des yeux. Elle est puérile.

Moi qui avais besoin d'une bonne nuit de sommeil. Non pas que je me plaigne que le canapé ne soit pas confortable !

— Tu peux y aller, hein. À moins que tu aies changé d'avis ?

Je lui fais un signe négatif. Mes yeux commencent à me piquer, je suis crevé. J'ai besoin de dormir.

J'attrape mon coussin, alors que je sors du lit. Mes pieds nus touchent le sol et me déclenchent un frisson. Finalement, je ne vais pas échapper au canapé !

Chapitre 4

Le lendemain, je me réveille en sursaut. J'ai rêvé avoir un enfant avec Amélie. Le cauchemar. Elle n'arrêtait pas de me lancer le bébé pour que je le rattrape. Il tombait à chaque fois au sol ou contre les murs en hurlant.

Mon regard se pose sur ma petite-amie. Elle déjeune tranquillement dans le salon, sur la table basse.

Elle me lance un petit sourire, avant de détourner le regard et de le poser sur sa tasse de café. Je me lève vite. Après avoir *zieuté* l'horloge blanche décorée d'une petite guirlande rouge, je manque de m'étrangler en avalant ma salive. Je suis très très en retard et c'est la première fois que ça m'arrive. Je dois être devant la maison dans moins de vingt minutes. Je n'ai même pas le temps de prendre une douche et de passer à l'agence immobilière. Je jure et m'active, ne prenant pas la peine de déjeuner. Tant pis, je ne l'ai pas mérité. J'ai été con. Et dire que j'ai refusé certaines choses à Amélie, car j'avais peur de ne pas me réveiller à temps !

*

Je rentre dans l'agence. Je me sens très mal. Même si les acheteurs potentiels ont dit que la maison était la bonne, je suis énervé contre moi-même. Ils m'ont très bien remis à ma place, me disant que c'était honteux d'arriver avec vingt-trois minutes de retard. Ils ont raison, et je le sais très bien.

J'observe des collègues admirer le sapin et la décoration. Idiot. À croire qu'ils n'ont jamais vu ça ! C'est la même décoration depuis des années. Rien ne change. Même pas l'emplacement.

Wouah. Voilà enfin le Gabriel qui n'apprécie pas Noël ! À la première occasion, je râle ! Je suis incroyable.

Je lève les yeux au ciel et finis par me précipiter dans mon bureau. Une fois installé, je vérifie mes mails. Je n'en ai aucun. Ouf.

La matinée se déroule vite. En même temps, je suis en retard sur tout. La pause m'aide à y voir plus clair. Je rattrape le dossier sur lequel j'étais et décroche même un rendez-vous avec les clients pour une visite. Quand midi vient, je souffle un peu. Mon ventre a besoin d'être nourri. Il grogne sans arrêt. C'est insupportable.

Mon repas est un sandwich, que j'ai acheté au distributeur automatique. Bien que j'ai très faim, je ne peux pas m'éterniser sur la nourriture. Ce soir, je mangerai mieux ! Je termine en vitesse pour avoir le temps de me préparer pour la visite de cet après-midi. Je pense avoir rempli les critères de la femme. Un T2, éloigné de la ville et disponible le plus rapidement possible. J'ai fait tout ce que j'ai pu et j'espère qu'elle l'acceptera. Bien sûr, j'en ai d'autres à lui proposer, mais ils sont au beau milieu de la ville. L'un se trouve même à quelques mètres du travail de son futur ex-époux. Lui proposer cet appartement n'est pas du tout judicieux. Je veux que cette femme soit en sécurité.

Mon cellulaire sonne. Je me baisse jusqu'à ma sacoche et le sors. Amber m'a envoyé un message. Un sourire dessiné sur mes lèvres, je lis bien deux fois pour ne pas me tromper. Je suis content que nous nous reparlions.

Amber : *Hey Gabriel ! Maman m'a dit que vous vous étiez vus. Elle était si contente ! Tu ne peux même pas imaginer. Je suis heureuse que tu acceptes de nous reparler !*

Gabriel : *Salut. Oui, moi aussi ça m'a fait du bien de les revoir. Même si je suis resté longtemps muet, sache que vous me manquiez.*

Amber : *D'accord. Bah toi aussi, tu nous as manqué, idiot. Attends, tu emploies le passé ? Donc là, tu vas rester en contact avec nous pour toujours ? Youpi ! On s'appelle plus tard, je sais que tu travailles.*

Idiot. Cette petite insulte me fait sourire.

Gabriel : *Oui, idiote, pour toujours. Je t'appellerai en rentrant du boulot. Là, j'ai un rendez-vous important.*

Quand j'arrive à la maison, après mon travail, je trouve Amélie avec un homme. Ce dernier est assez agréable à voir, étrangement. Je ne sais pas si je l'ai déjà vu. Je suis déjà allé sur son lieu de travail, mais je n'avais pas fait attention à ses collègues.

Il a des cheveux bleus, la peau claire, des yeux marron. Son visage est très expressif, il semble même étonné de me voir. Exactement comme moi. Je fais un signe de la tête, montrant l'homme à Amélie. Elle se contente de sourire avant de lui parler, comme si je n'étais pas là.

OK. Ça ne me plaît pas, ça. Elle pourrait au moins avoir la politesse de me présenter cet inconnu !

Je pose mes affaires, sans même saluer l'homme, et m'engouffre dans ma chambre. Lui aussi aurait pu se présenter ! Une fois changé, j'en profite pour appeler ma demi-sœur. Ou sœur adoptive. Je n'ai jamais vraiment su comment l'appeler, car elle n'est pas ma sœur de sang. Elle a été adoptée avant que sa mère adoptive n'épouse mon père. En réfléchissant, demi-sœur est le mieux.

Je suis stressé. Les mains moites, je fixe mon téléphone. J'ai peur de ne plus reconnaître sa voix. J'ai besoin de l'entendre.

Après deux sonneries, Amber décroche. Je l'entends rire, avant de se racler la gorge. Elle se calme vite et me salue chaleureusement. Je comprends qu'elle n'est pas seule. Si elle est accompagnée de son copain, il a l'air de la faire rire. C'est déjà un bon point !

— Salut Amber. Ça va ?

— Très bien et toi ?

— Bien. Tu es seule ou je te dérange ?

— Je ne suis pas seule, me répond-elle. Mais tu ne me déranges pas. Quoi de beau ?

— Rien... et toi ?

— De même. Dis-moi, Gabriel, pour heu... mon...

— Copain ?

— Ouais...

— Ne t'inquiète pas, mon ange, je n'irai pas crier sur les toits qu'Amber Campbell sort enfin avec un homme. Alors, il s'appelle comment ?

— Hum... Damien.

Au son de sa voix, je me rends compte qu'elle semble stressée. Il y a peut-être quelque chose qui l'a dérangée. Le vieux surnom que j'avais l'habitude de lui donner ?

— Bien ! Donc, ton petit-ami vient-il pour le réveillon chez papa et maman ?

— Ouais...

Elle se tait. Les secondes passent et une voix de garçon se fait entendre. Amber rit et ordonne à la personne d'aller l'attendre sur le lit. Merde. De fait, je dérange !

Je m'assois sur mon grand lit orné d'une couverture blanche. Je remarque qu'Amélie a changé la couverture. Elle était marron hier soir. Elle a d'ailleurs pris le temps de décorer la chambre. J'avais fait le salon, la cuisine et même la salle de bain, mais pas cette pièce-là. Elle a déposé une guirlande blanche sur la lampe et quelques autres sur la commode et l'étagère. La porte et la fenêtre ont des stickers spéciaux Noël. Un petit ourson est sur la vitre, entouré de flocons de neige, fait avec la bombe de neige. Sur la porte en bois est mis en avant un gros père Noël. Lui est entouré de lutins colorés.

Heureusement que Noël ne dure pas trois mois, je ne supporterais pas les musiques et les décorations longtemps ! Bordel. Me revoilà encore en train de me plaindre de Noël. Je dois me mettre dans la tête que c'est une belle fête. Que je ne dois pas m'arrêter sur le passé.

— Tu fais quoi maintenant ? l'interrogé-je. Tu pourrais passer ? Je te donne l'adresse...

Une folie me prend. Je veux voir Amber. J'en ai besoin. Besoin de lui parler, de savoir à quoi elle ressemble. Je suis à la fois excité et effrayé. Et si tout me revenait ? Et si tout redevenait comme avant ? Non. C'est du passé. Nous étions jeunes. Désormais nous sommes adultes. Nous savons tous les deux que c'étaient des erreurs.

Elle ne répond pas aussi rapidement que les autres fois. Elle semble réfléchir à sa réponse. Ce qui est normal.

— OK, mais ça ne dérange pas ?

— Aucun problème, Amber. Tu peux venir quand tu veux. C'est pour... rattraper le temps perdu.

— Bah, écoute, je passe dans quelques minutes. Je suis en ville.

Il ne lui faut pas longtemps pour pointer le bout de son petit nez. Moins de trente minutes après, la voilà qui sonne à ma porte.

Mes pupilles se posent sur Amber. Elle est toujours aussi belle qu'auparavant. Ses petits yeux bleus se posent sur moi. Elle étire ses lèvres pulpeuses en un fabuleux sourire. Elle porte peu de maquillage. Juste un fin trait de liner et un rouge à lèvres de couleur *nude*. Elle est toujours aussi petite que moi, mais elle a changé. Son corps s'est vraiment développé à ce que je peux voir. Je la détaille quelques secondes. Elle porte un pull blanc crème et un jean noir. Je suis très impressionné. Elle n'a plus l'air de la jeune fille d'autrefois. J'ai bel et bien une jeune femme sous les yeux.

Le souffle court, je la prends dans mes bras. Son odeur est fruitée, divine. C'est son parfum préféré. Je le reconnais, elle l'achetait à chaque fois qu'elle le terminait.

Je mets à contrecœur fin au câlin pour la laisser entrer. Il y a toujours l'ami d'Amélie qui discute avec cette dernière dans le salon. Quand nous arrivons dans la pièce, ma copine nous jette un regard noir. Amber se fige directement. Elle tourne sa tête vers moi et hausse un sourcil. Je sais bien ce qu'elle pense. Elle doit se demander pourquoi je l'ai invitée, alors que celle qui la déteste est là.

La tension est à son comble. Voir ma demi-sœur et ma copine ainsi me déchire. Je les aime toutes les deux. Elles font partie de ma vie. Je dois essayer de comprendre ce qu'il s'est passé entre elles. Déjà, car je suis curieux et que j'ai besoin de savoir. Et parce que j'ai envie qu'elles s'entendent bien.

Amélie se détourne de nous, la tête haute. Elle fait un signe à son ami de la suivre. Sans même me dire un mot, ils sortent de l'appartement. Elle en profite pour pousser Amber d'un coup d'épaule. J'en suis estomaqué. Je n'aurais jamais cru qu'elle puisse faire ça sous mon nez. Cette animosité m'horripile. J'aimerais tellement qu'elles parlent ensemble et qu'elles mettent à plat cette stupide rancœur !

Après nous être installés tous les deux sur le canapé, je commence à poser des questions. J'ai envie d'en savoir plus sur elle, ce qui est normal. Je n'ai pas donné de nouvelles depuis six ans, il doit bien y avoir des choses qui ont changé dans sa vie. Rapidement, nous faisons le tour des amours. Elle m'avoue qu'elle est en couple depuis quelques semaines avec Damien. Quant à moi, je lui annonce que j'ai prévu de demander à Amélie de m'épouser. La seule réaction que j'ai obtenue a été un sourire faux. Il est évident que pour elle, savoir que je risque de me marier avec Amélie la dérange.

Je lui propose de boire et manger quelque chose. Elle refuse et examine le salon. Son regard s'arrête sur le sapin blanc, puis glisse jusqu'à moi.

— Tu as bien réussi à ce que je vois, constate-t-elle.

— Ouais...

— Tu es quoi déjà ?

— Agent immobilier, et toi ? Tu es toujours...

— Ouais, toujours dans les parfums. J'aimerais bien avoir ma propre boutique, mais à l'heure actuelle, c'est impossible.

— Pourquoi pas ?

— Je n'ai pas le même salaire que toi, mon cher, soupire-t-elle.

— Ouais...

Je pince mes lèvres. L'impression de ne plus rien avoir à nous dire m'intrigue. C'est comme s'il y avait quelque chose qui coince entre nous deux. Le silence persiste pendant de longues minutes. On entend clairement l'horloge faire tic tac. Mon cœur bat lourdement dans ma poitrine.

— Donc..., commencé-je.

Sa main se pose sur mon avant-bras soudainement. Le visage tourné vers moi et un large sourire, elle commence à me raconter une anecdote.

— À mon travail, l'autre jour, j'ai surpris mon boss avec sa maîtresse, lâche-t-elle, en riant bêtement. Je pensais être seule, car il se faisait tard et la nuit était déjà tombée. Quand je suis partie en réserve, je les ai vus. Il était avec ma collègue ! Bon Dieu, j'ai eu le flip total de ma vie.

Elle marque une courte pause pour humidifier sa lèvre supérieure. Je reste rivé sur sa bouche, attendant la suite de l'histoire.

— J'ai fait demi-tour, essayant d'être discrète, continue-t-elle. Mais tu me connais, je suis maladroite. Je me suis coincé la main dans la porte. Je n'ai jamais autant hurlé et eu mal de ma vie ! Je suis partie en courant... Je ne sais même pas s'ils m'ont démasquée !

Je me mets à rire. Cette fille est vraiment incroyable. Avec elle, on doit rire tous les jours.

À mon tour, je décide de lui dire ce qu'il s'est passé une fois à mon travail. Quitte à me ridiculiser, je vais prendre le moment le plus con !

— Moi j'étais en train de parler avec Amélie et elle a commencé à me chauffer. On a fini par s'envoyer des... photos quoi... et mon patron est arrivé à ce moment-là. C'était très embarrassant.

Amber éclate de rire en frappant sa main sur ma cuisse. Elle renverse sa tête en arrière sans pouvoir arrêter son hilarité. En tremblotant, elle passe sa main sur son front.

En faisant attention, je constate que c'est de froid. C'est vrai qu'il fait assez froid.

— Bah bravo, parvient-elle à dire, après s'être calmée. Tu n'en manques pas une !

— Tu peux parler !

Elle ne dit rien, ne me contredit pas. Ses pupilles glissent jusqu'à plonger dans les miennes. Elle me gratifie d'un fin sourire.

— Je dois y aller... On reparlera à Noël.

Mince. Elle part déjà. J'aimerais tellement lui parler plus longtemps. J'ai eu l'agréable découverte que rien n'avait changé entre nous. Enfin, pas tout !

— Pourquoi ? Tu peux rester manger.

— Non merci, j'ai déjà fait fuir ta copine alors qu'on est chez elle...

— Reste encore un peu... ça lui passera.

Elle me fait un petit sourire en coin, comme si elle était gênée. C'est vrai qu'Amélie n'est pas encore revenue. Tant mieux, elle risque de s'en prendre à Amber. Et ce n'est pas ce pour quoi j'ai fait venir ma demi-sœur.

— Tu m'as vraiment manqué, souffle-t-elle.

— Toi aussi, ma princesse.

Amber roule des yeux.

— Je ne suis plus une enfant. Cesse de me surnommer ainsi !

La façon dont elle s'emporte m'étonne.

— Ça, je le sais très bien, murmuré-je.

Merde.

Repenser à ça me fait peur. Je n'ai pas du tout envie de laisser cette connerie reprendre le contrôle de moi. Je suis adulte maintenant, il faut que j'arrête de ressasser nos erreurs !

Chapitre 5

Moins d'une heure après, Amber repart me laissant seul. Nous avons discuté de tout et de rien. J'ai pu l'admirer, encore et encore. Je n'arrivais pas à me dire que c'était bien elle que j'avais sous les yeux. En mémoire, j'avais encore la jeune fille aux joues écarlates et aux lèvres pincées. Celle qui disait ce qu'elle pensait, qui avait besoin d'aide.

Je me suis retrouvé à la place avec une femme. Posée, mature. Qui prend plus soin d'elle, qui est même coquette. Elle n'a tout de même pas perdu son humour. Ni même de son franc parlé !

Amélie revient peu après. Elle se positionne devant moi, les bras croisés comme à chaque fois qu'elle veut discuter de quelque chose qu'elle ne supporte pas. Et comme à chaque fois, je vais tenter de la rassurer.

— Pourquoi était-elle là ?

— C'est ma demi-sœur, j'ai le droit de l'inviter. Et c'était qui cet homme ?

Elle lève ses yeux marron au ciel avant de les reposer sur moi, le visage fermé.

— Un collègue de travail, répond-elle subitement amusée.

Je secoue ma tête en signe de compréhension. Elle a le droit d'inviter ses collègues pour bosser. Surtout qu'elle travaille d'arrache-pied et souhaite présenter à son patron de nouvelles recettes. La brider ne servirait à rien. Et je ne désire pas être celui qui lui met des bâtons dans les roues.

— Alors, pourquoi elle était là ? insiste-t-elle, froidement.

Le ton qu'elle prend me crispe.

— Amélie, tu sais ce que je veux ? Que tu acceptes ma famille.

Elle se met à rire, comme si ce que je dis est complètement stupide. Ses prunelles marron se lèvent au ciel.

— Hors de question, Gabriel.

— Fais un effort.

Je tente de parler d'une voix douce et posée. Y aller plus agressivement ne servirait à rien à part à la braquer.

— Moi ? Faire un effort ? Tu me prends pour une conne ! J'ai vu comment tu la regardais. Tu l'as toujours regardée comme ça !

Donc là, elle confond tout et c'est moi qui trinque !

Je soupire, exaspéré.

— Chérie, Amber est ma demi-sœur. Et c'est normal que je l'ai détaillée. Elle a beaucoup changé et je ne l'ai pas vue depuis presque six ans !

Je commence à en avoir marre. Elle n'arrive pas à comprendre les choses vraies et simples. Elle s'imagine des choses totalement infondées... qui étaient pratiquement vraies il y a plusieurs années.

— Tu l'as toujours aimée, beaucoup plus que moi. Là, j'en ai marre. OK ?

Elle se met à crier. Je peux comprendre son point de vue. Mais elle n'est pas à ma place. Elle voit ce qu'elle veut et ne sait pas la vérité. Oui, j'aime ma demi-sœur. J'ai failli être fils unique, alors je suis content de l'avoir. Et encore plus de lui avoir reparlé.

D'ailleurs, je me sens nul de les avoir repoussés de ma vie. Mes parents et Amber sont ma famille. J'aurais dû insister et le faire comprendre à Amélie. Car six ans après, voilà que j'ai réussi à tenir tête et à gagner ! Si j'avais su que c'était aussi facile... Non, j'aurais quand même pris la poudre d'escampette. En rapport avec tout ce qu'il s'était passé.

— Amélie, ne dis pas ça ! Amber est ma demi-sœur ! Que ce soit elle ou mes parents, ils passeront avant tout et tu le sais. Tout comme ta famille passera avant moi. C'est normal. Mais tu...

— Arrête ! Elle n'est pas ta sœur ! Elle ne fait pas partie de ta famille ! Elle a été adoptée.

— Amélie, soufflé-je agacé. Crois-moi, Amber n'est que ma demi-sœur. Alors oui, je la surprotège. Je la défends toujours, même à ton détriment. Mais c'est que je m'imagine sans elle et ça me fait mal. Elle a donné un sens à ma vie. Amélie, ne sois pas jalouse. Tu as aussi une place très importante pour moi.

— Demi-sœur par-ci, demi-sœur par-là ! s'énerve-t-elle. J'en ai marre ! Tu... tu ne penses qu'à elle. Même au lycée ! Là, depuis l'appel de ta belle-mère, tu es focalisé sur ta famille et sur cette peste !

Je ne dis rien, la laisse parler. Elle n'a pas tort. C'est vrai que je ne pense plus qu'à ça depuis quelques jours. Mais elle ne me comprend pas. Elle m'a interdit de voir ma famille pendant six ans. Maintenant que j'ai l'opportunité de leur parler, je ne vais pas faire celui qui est indifférent. Ce serait stupide.

Amélie baisse la tête. Une chose retient mon attention. Une marque à son cou. Même si elle porte un col roulé, j'arrive à voir cette marque rouge. J'approche ma main et

tire sur son pull. Je sais exactement ce que c'est. Un suçon.
Je sais aussi que je ne lui ai jamais fait ça.

Elle me repousse brutalement et s'éloigne vers la
cuisine.

Ma tête se met à tourner. Ma copine, celle que je veux
épouser et qui est enceinte de moi, me trompe. Et en plus,
elle a le culot de me prendre la tête pour Amber ! Je reste
muet, sous le choc, attendant qu'elle dise quelque chose.
Peut-être que je me fais des histoires. Elle aurait très bien
pu se brûler, puisqu'elle est cuisinière. C'est sûrement ça.
Encore une fois, j'ai fait travailler mon cerveau trop vite.
Je l'ai accusée à tort. Amélie n'aurait jamais fait cela. Je le
sais bien !

— Où as-tu eu cette marque ?

Elle stoppe net et pivote dans ma direction. Ses petits
yeux humides me sondent avec attention. Autant le dire,
la voir triste m'étonne et, à mon tour, m'attriste. Je crois
bien que je fais fausse route...

— Laquelle ?

Comment ça laquelle ? Elle en a combien ?

Je cligne des yeux, hébété par sa réponse.

— De quoi, laquelle ? Celle à ton cou ! Tu en as d'autres ?

Sa mâchoire se serre. Sa tête se secoue de haut en bas. Je
me sens mal. Mon cœur bat à cent à l'heure. L'inquiétude
me saisit. Il lui est arrivé quelque chose ! En quelques
secondes, je me trouve à sa hauteur et entreprends de
retirer son pull. Elle se laisse faire et je peux découvrir
qu'elle n'a pas d'autre marque.

Du doigt, je pointe alors la blessure à son cou. Elle reste
impassible sous mon regard.

— Ah, la brûlure ?

— Ouais.

— C'est rien, je...

La sonnerie retentit et la coupe. Elle râle et me contourne pour aller ouvrir. Je la suis du regard. La personne derrière la porte est l'homme de tout à l'heure, son collègue. Il lui sourit et m'ignore ouvertement. Alors que je suis seulement derrière elle, à quelques mètres de lui.

— Tu es prête ? lui demande-t-il, sur un ton charmeur.

Hé ho... je suis là, hein. Je ne dérange pas au moins ?

La mâchoire entrouverte, j'entends la réponse d'Amélie. Elle lui dit qu'elle n'a plus qu'à mettre sa veste. Je dois avoir l'air stupide, la bouche entrouverte d'étonnement. En même temps, Amélie me contourne pour revenir quelques instants après avec une valise.

En fait, nous n'avions pas terminé notre conversation. Je me sens comme abandonné. Sans me porter attention, elle enfile sa veste noire et suit l'homme. La porte claque et me fait revenir sur terre. Elle vient de partir sans même me consulter. Non pas que je lui aurais interdit de sortir. Mais j'aurais bien aimé savoir où elle va.

Je sais que je ne devrais pas, mais je suis énervé. Jamais je n'aurais pu imaginer cette situation m'arriver. Où va-t-elle avec cet homme ? Au bar puis dans un hôtel ? Dormir chez lui ? Donner des affaires à quelqu'un ? Ne pas avoir de réponses à mes questions me met encore plus à cran. Comment puis-je lui faire confiance si elle me cache des choses ?

Bordel, je n'aime pas cette circonstance. Amélie a le droit de vivre. Elle n'a pas à attendre mon autorisation pour sortir. Elle n'est pas ma fille, mais ma compagne. Je ne peux en aucun cas lui demander des comptes à chaque fois qu'elle veut faire quelque chose. Problème réglé. Je passe à autre chose.

Vu l'heure, je me doute qu'elle doit être en train de manger. Je me fais donc un petit plat et mange seul, dans un silence de plomb. Une fois lavé, j'erre dans la maison, attendant son retour. Les heures défilent et rapidement, il est minuit et demi. Que suis-je supposé faire ? Lui envoyer un message pour lui demander si tout va bien ? Elle risque de me trouver collant.

Tant pis. Après tout, j'ai quand même le droit de m'en faire un peu pour elle ! J'envoie un message, mais n'obtiens pas de réponse. Frustré, je décide de me coucher. Je tourne et retourne dans notre grand lit. Sa place froide m'affecte. Je n'arrive même pas à trouver le sommeil. Tous les quarts d'heure, j'allume mon téléphone pour voir l'heure. Vers trois heures dix, je reçois enfin un message de sa part.

Amélie : *Ne t'inquiète pas, il m'a déposée chez mes parents. J'ai pris une semaine de congé et j'ai déjà annoncé ma grossesse à mon patron. Tous les papiers sont faits. Là, j'ai juste besoin de souffler un peu... Tu sais, je ne m'attendais pas à tomber enceinte et ça change mes projets. Je sais que tu me comprends et je t'en remercie. Et pour la brûlure, c'est en cuisine que je me suis fait ça. PS : Quand je reviendrai, j'aimerais que tu aies déjà réfléchi à la chambre du bébé.*

La gorge serrée, je réponds. Autant être honnête, je ne comprends pas pourquoi un autre homme que moi l'a déposée chez ses parents. J'aurais très bien pu le faire. J'aurais même aimé être au courant qu'elle avait besoin de temps pour accepter sa grossesse.

Gabriel : *Je comprends tout à fait. Si tu as besoin, je pourrai venir te chercher. J'imagine donc que tu passes la semaine chez eux ? Alors, passe une bonne semaine, ma chérie. Je le ferai. Bonne nuit.*

Je n'attends pas d'avoir sa réponse, trop fatigué. Il ne me faut pas longtemps pour sombrer dans le sommeil.

*

Travail, ménage et réflexion. Voilà ce que j'ai fait durant cette semaine seul. L'appartement est comme neuf et j'ai plusieurs idées pour la chambre de notre futur enfant. Je pense changer mon bureau pour en faire une chambre. De toute façon, je travaille plus au boulot qu'ici. Autant que cette pièce soit utilisée à bon escient.

Tous les jours, j'ai pu discuter avec Amélie. Par messages et par appels. Elle m'a même passé sa mère, car elle souhaitait me féliciter. Quant à son père, il ne m'a parlé qu'une fois pour me dire que je ne pouvais plus me défiler. Je sais exactement ce que cela signifie. Je dois demander en mariage Amélie. Qu'il se rassure, j'y compte bien !

Je ne sais pas à quelle heure elle va revenir. Je patiente donc sur le canapé, à regarder une émission de cuisine. Comme à mon habitude, je note les recettes. Une de mes passions est la cuisine. Même si je n'ai pas souvent le temps ou le courage, j'aime préparer des plats pour Amélie.

Le plat pour le repas est en train de cuire. J'espère qu'elle arrivera à temps. Il ne manquerait plus qu'elle arrive durant la soirée ! Enfin, je ne pense pas. Elle m'a clairement dit qu'elle reviendrait pour le repas du midi.

Penché sur la table basse, stylo en main, j'inscris sur mon papier la fin de la recette. Jusqu'à présent, je n'étais pas très dessert, mais j'ai envie de tester. Puis, j'aimerais faire la cuisine avec Amélie. Ce serait un genre d'activité à deux. Bien sûr, je sais que je n'ai pas son talent. C'est son métier et sa passion depuis toujours.

Elle m'a raconté qu'elle faisait la cuisine avec sa mère, quand elle était petite. C'est de là qu'elle a voulu être cuisinière, mais jamais elle n'aurait pu imaginer bosser dans un célèbre restaurant. Travailler dans un quatre étoiles est mérité. On n'obtient pas cette place avec facilité. Elle a bossé dure pour en arriver là. Sacrifiant même nos soirées.

Quand elle m'a annoncé avoir obtenu le poste tant désiré, j'ai été plus que content. Elle n'en parlait pas, gardait ses hésitations pour elle. Sa peur d'échouer était grande, je le savais, mais je ne savais pas comment être présent pour elle. À chaque pas en avant, elle me repoussait. Quand elle a réussi, ses blocages sont partis en fumée. Nous n'avions jamais été aussi proches.

Et aujourd'hui, je constate que nous nous éloignons à nouveau. Je n'ai pourtant pas changé et tente d'être le plus près d'elle possible. Seulement, quelque chose coince. Je ne sais malheureusement pas quoi. Si ce n'était pas le cas, elle m'aurait parlé de son choix d'aller chez ses parents.

Un bruit de clé se fait entendre. J'esquisse un sourire et me lève. La porte s'ouvre sur Amélie. Habillée d'un pull gris et d'un jean noir, je prends grand soin de la détailler. Elle resplendit et illumine mon cœur. Ses petites joues rougies me donnent envie de les mordiller. Elle doit se rendre compte de l'effet qu'elle me fait, car elle se jette dans mes bras.

Ses lèvres trouvent les miennes et se scellent amoureusement. Son corps, plaqué contre le mien, me force à reculer. Je me retrouve très vite collé au mur. L'empressement de sa part m'étonne. À croire que je lui ai beaucoup manqué, durant cette semaine. Ce qui a été le cas pour moi. Je ne rêvais que d'une chose ; pouvoir l'embrasser.

Sa bouche descend le long de ma mâchoire, laissant des baisers humides. Elle finit par trouver mon oreille. Lentement, ses dents emprisonnent mon lobe. Son souffle chaud me chatouille. Je me contracte sous ses caresses.

— Épouse-moi.

Mes yeux s'écarquillent de stupeur. Sa douce voix n'était qu'un murmure. Je ne suis même pas certain de l'avoir vraiment entendue. Est-ce juste tiré de mon imagination ?

Je n'en sais trop rien. Pourtant elle s'écarte de moi, les sourcils froncés.

— Tu ne veux plus ?

Je suis abasourdi. Je ne m'attendais pas à ce que ce soit elle qui me le demande. Surtout pas après tous les refus que j'ai essuyés.

— Heu... bien sûr que si, bafouillé-je.

— Bien ! s'exclame-t-elle heureuse, en se jetant à mon cou.

— Mais..., continué-je, sur un ton faussement déçu. Tu viens de réduire à néant toutes mes recherches pour te demander en mariage... Tu t'en rends compte au moins ? Des semaines de réflexion...

Son visage se détend et un sourire se forme sur ses fines lèvres.

— Nous sommes au vingt et unième siècle, soupire-t-elle. Les femmes peuvent demander en mariage les hommes.

— C'est vrai, acquiescé-je, en secouant ma tête.

Elle n'a pas tort. Cela ne me serait même pas venu à l'esprit !

C'est quand même fou ! Je ne m'y attendais pas du tout. Finalement, c'est moi qui accepte sa demande en mariage. Comme quoi, tout peut arriver.

Nous avons longuement discuté. Sur la grossesse, ses futurs projets. Elle m'a avoué que cette semaine chez ses parents l'a ressourcé. Elle a mis au clair certains points et sait désormais qu'elle veut vivre sa vie avec moi jusqu'à la fin.

À croire qu'elle a vraiment tout remis en question... même moi.

Quant à moi, je lui ai dévoilé mes plans pour la future chambre de notre enfant. Amélie ne s'y est pas opposée. D'un autre côté, nous n'avons pas vraiment le choix. Il n'y a pas d'autre pièce pour cet heureux événement.

Ce matin, je me réveille le sourire aux lèvres. Tout est parfait. Je ne pouvais rêver mieux. Pouvoir reparler avec ma famille, me marier avec Amélie et avoir un enfant avec cette dernière. Ce n'est pas du tout ce que j'imaginais il y a encore plusieurs mois. Tout a changé si vite, je n'arrive même pas à le réaliser.

Le week-end a été magique. Nous ne sommes pas vraiment sortis de notre lit. Profitant de nos corps, nous transmettant notre amour de toutes les façons possibles et imaginables.

Amélie est déjà partie travailler. Vu l'heure qu'il est, j'ai le temps de faire le ménage. Je prends un petit-déjeuner costaud et m'attaque au nettoyage. Je commence par la salle de bain, puis la chambre. Rien ne m'échappe. Ni même une sonnerie qui résonne dans la pièce. Je sais d'où cela vient, de l'ordinateur de ma fiancée.

Fiancée. Rien que ce mot me donne des ailes. C'est quand même fou qu'à mon âge, je puisse être aussi rayonnant. Moi qui pensais qu'une fois adulte, un homme devait être rigide en toutes circonstances. Bah oui, car un homme est un mâle, il ne doit pas avoir de sentiments !

Je ne fouille pas dans ses affaires, jamais. Donc j'ignore et reprends mon ménage. Et bien évidemment, une nouvelle sonnerie retentit. Cette fois-ci, c'est mon portable. Sur l'écran, je constate que c'est un message de ma fiancée.

Amélie : *J'ai dû recevoir un mail de Natasha. Elle m'a transmis un document important. Tu connais mon mot de passe, alors va sur mon ordi et mets-toi seulement sur mon Gmail. Télécharge le fichier dans le dossier « Action ». Ne va nulle part ailleurs et ne l'ouvre pas. OK ? J'ai confiance en toi. Merci.*

Gabriel : *Aucun problème, je le fais tout de suite. Passe une bonne journée.*

Pas de réponse. J'exécute donc ses ordres. Le fichier est assez lourd. Il prend plusieurs minutes pour s'enregistrer. Lorsque c'est terminé, mes pupilles sont intriguées. OK, c'est mal. Je ne devrais pas. Je ne l'ai jamais fait, mais voir un dossier caché appelé « Ma compta » m'interpelle. Quelle compta ? C'est moi qui m'en occupe depuis toujours. Elle me laisse même gérer ses déclarations.

Peut-être que je suis tout simplement en train de m'égarer. Nous n'avons aucun secret. Donc logiquement, ce qu'il y a dans ce dossier ne devrait pas m'être inconnu. Voilà le motif que je donne à l'ignoble chose que je vais faire. Ça ne me ressemble en aucun cas. Je ne devrais même pas rester assis sur cette chaise, la souris pointée sur le dossier. Je devrais déjà avoir fini le ménage et être en train de m'habiller.

Pourtant, je clique dessus. La chaleur me monte aux joues, à cause de la honte, j'ose regarder ce qu'il y a dedans. Des images. Des documents. L'un d'entre eux est appelé « Preuves ». Un autre « Transfert ». Mais ce n'est pas ça qui m'étonne. Ce sont les quelques photos. Amélie y est avec son collègue aux cheveux bleus. Sur l'une, ils s'embrassent à pleine bouche.

Un rictus amer déforme mon visage. Je ne peux pas croire que c'était un simple pari. Elle m'en aurait parlé. Merde. Fais chier. Elle ne me tromperait quand même pas ?

Il faut que je me rende à l'évidence. Elle m'a trompé.

Non. Avant de crier au loup, je dois en avoir la certitude. Tout est possible ! Donc je fouille dans les fichiers du dossier. L'injure qui part seule m'étonne. Je suis en train de bouillir de l'intérieur.

L'argent que je lui donnais pour qu'elle s'achète des choses qu'elle désirait n'a pas été totalement utilisé. Elle en a gardé. Bien sûr, elle a noté chaque centime dans le fichier « Transfert ». À la fin, la somme est énorme. J'hallucine même en la voyant. Je ne m'imaginais pas du tout ce que ça pouvait représenter.

« Trop bon, trop con » dit le dicton. Bah, ce dicton n'est pas faux.

Tout se bouscule en moi. La colère, la tristesse, la haine. J'ai envie de me défouler. Je n'aime pas ce que je ressens. C'est capable de me briser, de me rendre fragile. Et je n'aime pas paraître fragile aussi stupidement. Surtout pas pour une garce pareille !

Au point où j'en suis, autant continuer les recherches. J'ouvre le fichier téléchargé plus tôt. Je découvre qu'il ne s'agit que d'une interview. Pourquoi me cacher cela ? J'ai lu ses réponses et il n'y a rien dont je ne sois pas au courant. Une surprise ?

Désormais, j'ouvre ses mails. Avec stupeur, je découvre des messages plus choquants les uns que les autres. Cette garce conversait avec un homme et parlait d'argent et de sexe. Je mords ma langue en me retenant d'exploser. Elle est sortie avec moi pour mon argent.

Pourtant, quand nous nous fréquentions au lycée, je n'avais pas encore d'argent. Juste de quoi offrir ce qu'Amber et Amélie voulaient. Et encore, avec Amber, c'était un livre par mois. Jamais plus. Enfin, parfois, nous sortions pour manger le midi au *fast-food*, mais rien de bien fou.

Je lis les mails. Il y en a qui sont datés d'il y a plus d'un an. D'autres sont plus anciens et sont d'il y a trois ans. Les surnoms stupides que je lis me dégoûtent. Elle qui m'a toujours refusé de la surnommer « *mon cœur* » ou même « *bébé* ». Là, je suis au bord de la crise de nerfs. Je sens que mes yeux sont prêts à saigner devant ces immondes choses. Elle qui me faisait chier avec Amber... Je me rends compte qu'elle voyait un autre mec en même temps que moi. Et ce n'était pas pour parler botanique !

La salope.

Dire que j'avais prévu de l'épouser, de fonder une famille. Tout était planifié dans ma tête. Peut-être trop. D'un autre côté, je n'aurais jamais pu imaginer cette option. Je pensais qu'elle était mienne, que j'avais déjà tout d'acquis. Je me suis vraiment trompé.

La chose que je ne comprends pas, c'est pourquoi elle m'a demandé en mariage. Surtout si elle me trompe ! Aurait-elle décidé de stopper sa relation avec son amant, car elle est enceinte ? Peut-être bien. Serait-ce pour ça qu'elle est partie chez ses parents ? Parce qu'elle ne savait pas quoi faire ? Qu'elle était bloquée ? Qu'elle n'avait plus d'autre choix que de partager sa vie avec moi ?

Encore heureux que j'ai pu converser avec ses parents. Sinon je serais en train de me demander si elle n'a pas passé la semaine chez son amant !

La journée se déroule lentement. Trop lentement. Je n'ai qu'une seule envie, que nous nous expliquions. Je ne suis pas con, elle ne s'en tirera pas si facilement.

Putain, si elle n'était pas enceinte, je l'aurais largué comme une merde.

Il aura suffi d'un message, d'un mail, pour que je découvre quelque chose d'horrible. C'est quand même fou. Elle n'a pas eu le courage de m'en parler. Qu'est-ce que j'ai pu faire pour qu'elle aille voir ailleurs ? J'ai toujours été là. De toutes les manières possibles. Suis-je un mauvais coup ? Peut-être ne ressent-elle rien depuis le début ? Non là, ce serait quand même abusé.

Je ne cesse de triturer mon cerveau. Comment vais-je lui annoncer que j'ai tout découvert ? Oh putain, non. Il ne faut pas que je me sente mal pour ça. Oui, je n'aurais pas dû, mais ce n'est pas pire que ce qu'elle m'a fait !

C'est toute souriante que ma future ex-fiancée passe la porte. La voir de bonne humeur m'est désormais égal. Notre vie aurait pu être belle. Elle en a décidé autrement.

Les bras croisés, au beau milieu du couloir, j'attends en colère. Ni les heures ni les rendez-vous ne m'ont calmé. Toute la journée, j'ai été sous tension à ruminer sans cesse. J'ai cru que j'allais exploser. Un soupir s'échappe de moi, rien que pour attirer son attention. Amélie arque un sourcil, intriguée.

— Qu'est-ce qu'il y a, Gabriel ? Tu n'as pas l'air bien.

Juste.

— Je n'en sais que trop rien, sifflé-je. Et toi, ça va ?

Elle étire ses lèvres en se dirigeant vers moi. Droit comme un i, je la laisse se coller contre mon corps. Je fixe la porte, les poings serrés.

— Ça va, me dit-elle. J'ai juste eu des nausées, mais c'est normal.

C'est probablement la seule chose normale.

— OK, moi aussi j'ai cru que j'allais dégueuler ce matin.

Mon ton est froid. Je me contiens du mieux que je peux pour ne pas faire un esclandre. Il faut que ce soit petit à petit. Y aller trop brutalement n'est pas mon style.

— Ah bon ? Pourquoi ?

Son corps est toujours contre le mien. Ses bras sont enroulés autour de ma nuque et ses lèvres tentent de trouver les miennes. La tête en arrière, je résiste. Je ne veux pas l'embrasser. Surtout en sachant que la bouche d'un autre homme a déposé ses germes dessus. Surprise par mon refus, Amélie se contracte.

— Ce n'est pas moi qui suis supposée avoir des sautes d'humeur ?

Sa plaisanterie ne marche pas. Je reste stoïque.

— Tu n'as pas que des sautes d'humeur, lancé-je amèrement.

Je n'ai pas pu me retenir. Les mots sont partis tout seuls. Ses traits se crispent. Elle voit où je veux en venir, je le sais très bien. Je n'ai d'ailleurs rien d'autre à dire. Elle s'écarte en silence, la mâchoire contractée.

— Tu sais que je t'aime, soupire-t-elle.

Je retiens un rire sarcastique. Elle se fout de ma gueule.

— Tu m'aimes... Depuis combien de temps ?

Dubitatif, j'attends qu'elle réponde. Serait-elle capable de m'avouer qu'elle a un amant ?

— Depuis toujours.

Mes yeux se lèvent au ciel, agacé par sa réponse. Je prends une profonde inspiration et reprends ma question.

— Non, je ne parle pas de ça. Depuis combien de temps ?

Je tente de me contrôler. Mais je n'ai pas dit mon dernier mot. Je ne la laisserai pas s'en tirer. Je suis déterminé à tout comprendre.

— Combien de temps quoi ? demande-t-elle, en souriant idiotement.

— Depuis combien de temps as-tu un amant ?

Je bute sur le dernier mot. C'est difficile de se dire que c'est vrai. Je suis trompé par ma petite-amie depuis des mois. Ce genre de chose était pour moi inimaginable il y a encore quelques heures. Ne pas m'en être rendu compte auparavant fait de moi un sombre crétin. J'étais sérieusement aveugle.

— Depuis longtemps, m'avoue-t-elle en baissant la tête.

Ses lèvres étirées hérissent mes poils. Là, je pourrais lui faire bouffer son sourire. Elle ne sait pas une seule seconde ce que je ressens. Je me sens utilisé, trahi, humilié.

Je me rends compte maintenant que j'ai perdu du temps. J'ai repoussé ma famille pour une femme qui se moque complètement de moi.

Un mot ne cesse de tourner en boucle dans ma tête.

— Tu... tu n'es qu'une salope..., bafouillé-je.

Ça me fait mal de lui balancer ça. Mais elle le mérite. Elle n'a aucune réaction à mon insulte. Elle encaisse facilement.

— Je crois qu'on s'est tout dit, dit-elle, en s'écartant. Je me tire.

— Non, refusé-je. Tu portes notre enfant, tu...

Elle me fait signe de la main de me taire. Et je m'exécute stupidement.

— Ce n'est pas toi le père.

Ces mots brisent mon cœur, déjà émietté. Ma vision se floute et ma gorge se serre. Je ne suis pas futur père. Aucun son ne parvient à sortir de ma bouche. Muet, je me retiens au mur, sous le coup de cette nouvelle masse.

— Je suis désolée, Gabriel. Tu es gentil. Tu ne m'as jamais fait de mal. Mais je suis amoureuse d'un autre depuis très longtemps et mon père n'était pas pour notre relation... Je sais ce que tu penses de moi, mais j'ai quand même été heureuse toutes ces années.

Bien sûr qu'elle pouvait être heureuse ! Elle avait deux hommes pour elle. Un qui lui apportait de l'argent et l'autre qui la faisait grimper aux rideaux.

La main qu'elle approche dans ma direction se fige à quelques centimètres. Je m'écarte sur la droite pour la fuir. Je ne veux plus la voir. Plus jamais.

— Prends tes affaires, ordonné-je, sur un ton fatigué. Je ne veux plus de toi. Je ne m'inquiète pas pour toi, ton amant va probablement t'héberger.

Ses bruits de talons claquent sèchement. Je me réfugie dans la cuisine et plaque mes paumes contre le meuble de travail. Qu'est-ce que je vais pouvoir faire ? Du jour au lendemain, je me retrouve seul dans un appartement qui n'est pas à mon goût. C'est comme si je venais de tout perdre. Je suis brisé, à la limite de m'effondrer. Attendre. C'est ce que j'ai de mieux à faire. Quand elle sera partie, je pourrai me laisser aller à ma tristesse. Il n'est pas question qu'elle me voie au plus bas.

Je l'entends entrer dans la chambre et ressortir quelques minutes après. Elle est allée très vite pour faire ses affaires. En même temps, elle sait très bien qu'elle pourra récupérer ce qui lui appartient plus tard.

— Salut, Gabriel, me fait-elle, avant de disparaître.

Elle m'avait fait des pieds et des mains pour que l'on habite ici. Je me suis tapé une crise d'une semaine. J'ai cédé. Maintenant je me retrouve comme un con seul, dans un endroit que je n'aime pas. Le monde tourne à l'envers.

Je suis un con.

Je me mets à jurer, crier. Je suis hors de moi et ne sais pas comment je vais pouvoir me calmer. Oui, là, je pourrais commettre quelque chose d'irréparable. Je donne un violent coup de poing contre le mur de la cuisine. J'ai envie de taper tout ce que je vois, tout ce que j'approche.

Chapitre 6

Six ans auparavant

Holly m'observe avec sérieux. Nous sommes tous les deux assis sur le canapé et attendons qu'Amber arrive. Un silence lourd pèse dans la pièce. Depuis plusieurs semaines, Holly est assez éloignée de moi. Elle traîne plus avec Amber que moi. Cela ne me dérange pas, mais je trouve ça assez bizarre. Quand elles sont ensemble et que je passe près d'elles, elles se taisent soudainement.

Holly est là pour passer l'après-midi chez nous. Elle a un sac qui doit probablement contenir son maillot de bain. Nous avons une piscine dans le jardin de derrière. Amber et moi en profitons tous les week-ends, puisqu'il fait chaud.

— Je dois te dire un truc, m'annonce Holly, d'une voix tendue.

Je lui fais signe que je l'écoute. Elle inspire profondément et baisse les yeux sur ses genoux.

— Je... je t'aime.

Je me mets à rire bêtement. Elle m'a déjà fait cette blague plusieurs fois pour que mes amis me chambrent. Mais là, je suis seul avec elle. Il n'y a pas mes amis. Personne pour se moquer de moi.

Elle reste les yeux rivés sur ses genoux, comme si elle était réellement gênée. Mon visage change. Je deviens inquiet, surpris. Je ne veux pas y croire. Pourquoi me le dire ?

— C'est une blague ?

— Gabriel... non... je enfin... heu...

Je me penche sur elle. Je pose ma main sur la sienne pour lui faire comprendre qu'elle peut tout me dire.

— Holly... Je...

— Je sais, tu es déjà avec cette Amélie. Tu sais au moins qu'elle se fout de ta gueule ? Tu sais ce qu'elle a fait à Amber au lycée ?

Je serre sa petite main. Holly et Amber ne veulent que m'aider, mais je n'apprécie pas qu'elles s'occupent de ma relation avec ma copine.

— Amélie est celle qu'il me faut, dis-je. J'en suis sûr.

Ma réponse a l'air de l'exaspérer.

— Elle a pris la tenue de sport d'Amber... Amber a reçu un avertissement. La prochaine fois, ce sera un renvoi du cours. Oh, et en cours de physique-chimie, ta chère salope s'est amusée à transformer l'expérience d'Amber. Le truc a explosé. Tu t'en rends compte ? Ça aurait pu blesser ta sœur ! C'est pour ça qu'elle a été collée, là...

Je vois mal Amélie faire ça à ma demi-sœur. Elle sait très bien qu'Amber compte pour moi et ne veut que mon bonheur. Ma copine ne s'amuserait pas avec la vie d'une autre et ne lui ferait pas de mal. Je ne sais pas à quoi joue Holly, mais je suis sûr qu'elle ment. Mais pourquoi ? Jusqu'à présent, elle ne m'a jamais menti. Peut-être veut-elle éliminer la concurrence ?

— Holly, soufflé-je, agacé. Déjà, Amber est ma demi-sœur. Et ce que tu dis est absurde. J'ai conscience qu'elles ne s'apprécient pas. Mais de là à aller aussi loin...

— Gab, je te promets sur ma propre tête que je ne mens pas. Sur tout ce que je t'ai dit.

Elle insiste sur le « tout ». Je sais qu'elle parle de ce qu'elle vient de m'avouer. Ça me perturbe. Je n'ai jamais remarqué quoi que ce soit venant d'elle. En même temps, je ne suis pas spécialiste en filles.

— OK, je te crois, déclaré-je.

— De toute façon, c'est la vérité.

Le silence reprend de plus belle. Mais je n'ai pas envie d'éviter le sujet de ses sentiments. Je dois en savoir plus et je lui dois la vérité. Je ne ressens rien pour elle. Je n'ai pas envie de la blesser. Pas elle, ma meilleure amie. Je ne peux pas non plus la laisser croire qu'il se passera quelque chose.

Ses yeux se posent sur moi. Je me recule de quelques centimètres n'aimant pas être aussi proche d'elle, maintenant que je sais ce qu'elle ressent.

— Holly, quand tu dis que tu m'aimes...

— Depuis le collège... mais ce n'est pas le plus important. Je préfère rester amie avec toi.

Ouf ! Finalement, je ne m'en sors pas trop mal.

— OK, merci… Mais...

— Gab, il n'y a aucun problème. Je voulais juste te mettre au courant. Rien de plus.

— Alors, pourquoi me l'avoir dit ? Maintenant, ça va me travailler pendant plusieurs jours ! Je me sens nul de ne pas avoir vu ça avant. Tu t'imagines ? Je suis aveugle ou quoi ?

Elle se met à rire en secouant sa tête.

— Je peux... faire quelque chose ? m'interroge-t-elle. Et ce sera la dernière fois que je te le demanderai...

— Heu... Vas-y...

Je ne suis pas du tout rassuré, mais elle n'a pas l'air d'avoir de mauvaises intentions.

Elle se penche vers moi. Je comprends qu'elle veut m'embrasser. Je ne sais pas ce que je dois faire. La repousser brutalement ? M'éloigner doucement sans l'énerver ?

Sans avoir le temps de vraiment réfléchir, ses lèvres se posent sur les miennes. Je sens sa main caresser mon torse et commencer à descendre vers mon entrejambe. Je la stoppe en cours de route. Brusquement. Elle s'écarte et fait la moue. Croyait-elle vraiment que j'allais me laisser faire ? Non. Je ne suis pas ce genre d'homme !

Je sais que je vais devoir le dire à Amélie. Il le faut. Je ne pourrais pas garder ça pour moi. J'ai l'impression d'avoir commis la plus grosse erreur.

Quelques secondes après, j'entends Amber entrer dans la maison. Je me redresse, puis décide de me lever. Le regard de ma demi-sœur se pose sur nous deux. Elle fait glisser ses yeux d'Holly à moi deux fois de suite, comme si elle nous accusait de quelque chose.

Je me demande si elle est au courant des sentiments d'Holly. Sûrement, oui. Elles sont amies. Holly a dû lui dire.

— Je vous dérange ? demande-t-elle.

— Nan, répond Holly en se levant à son tour. On t'attendait. Vos parents ne sont pas là ?

Je m'éloigne d'Holly pour aller dans ma chambre. Elles ont prévu une après-midi filles. Je n'ai pas envie de les déranger.

— Ils sont sortis faire les courses, fait Amber, en m'observant attentivement.

Je l'ignore et monte jusqu'à l'étage. Je m'enferme dans ma chambre. Je ne sais pas ce que je vais faire. J'ai juste envie d'appeler Amélie et de tout lui dire. Je suis encore un peu étonné de ce qu'il s'est passé à l'instant. Cette fille, je la considérais comme une amie. Une meilleure amie. Rien de plus. Jamais je n'aurais pu imaginer qu'elle en pinçait pour moi. Ça me rend mal à l'aise.

Je décide donc d'être honnête avec Amélie, elle ne m'aurait jamais fait ça. Je me sens plus que mal, même si j'ai mis un terme à son baiser et à sa main baladeuse.

Amélie décroche après mon deuxième appel. Le stress monte en moi. Ça va mal se passer, c'est sûr !

— Gabriel ? Pourquoi m'appelles-tu maintenant ? Je suis occupée là.

Son ton est sec. Visiblement, je la dérange.

— Désolé, mon cœur, je dois te dire quelque chose.

— Je t'ai déjà dit de ne pas me surnommer, bordel ! s'écrie-t-elle. Bon... c'est quoi que tu dois me dire là ? Je n'ai pas le temps.

— Je... heu... Holly m'a... embrassé.

— Quoi ? hurle-t-elle, comme une folle. Tu te fous de ma gueule ? Tu n'es qu'un connard !

— Non, laisse-moi t'expliquer. Elle m'a dit qu'elle m'aimait. On a discuté et elle m'a avoué qu'elle ne voulait pas plus, juste être mon amie. Et après, elle m'a embrassé et...

— On en reparle plus tard, je n'ai pas le temps. Tu as intérêt à trouver de quoi te faire pardonner.

À la fin de sa phrase, elle raccroche sans me laisser le temps de répondre. Je sais bien ce qu'elle veut.

Je prends mes affaires et sors de la maison. Je trouve les deux filles dehors, prêtes à plonger dans la piscine. Je les interpelle. Elles se retournent toutes les deux vers moi, étonnées.

— Je sors au magasin. Vous voulez quelque chose ?

Elles me font un non de la tête. Je me détourne en poussant un soupir. Malgré moi, je n'ai pas pu m'empêcher de les observer. Elles semblaient moqueuses. Je suis certain qu'Holly a dit à Amber ce qu'il s'est passé !

Quand je reviens à la maison, mes parents sont déjà de retour. Holly est toujours là. À ce que j'ai compris, elle reste dormir ce soir. Super ! Il ne manquait plus que ça. Je vais les entendre rire jusqu'à trois heures du matin. Je n'arriverai pas à trouver le sommeil et je serai obligé de leur râler dessus.

OK. Je suis un peu agacé de devoir la supporter plus longtemps. Je comptais ne pas la voir avant quelques jours.

Je décide de profiter aussi de la piscine. Elle est assez grande pour nous trois. Je me change rapidement et rejoins les deux filles dehors. Elles m'observent en silence. Je comprends que je suis de trop, mais peu importe. Cet endroit ne leur est pas réservé.

Sans rien dire, je plonge dans la piscine assez proche d'Amber. Je l'éclabousse sûrement, car elle se met à râler. J'aime bien l'énerver comme ça. Quand je sors ma tête de l'eau, elle me lance un regard noir. La seule chose que je fais, c'est l'éclabousser de plus belle avec mes mains. Elle baisse sa tête, puis se protège avec ses mains. Rapidement, Holly vient l'aider en se jetant sur moi pour me noyer Mais elle ne fait pas le poids face à moi. Je la prends et la pousse au loin, comme si elle n'était qu'une petite plume.

Je nage jusqu'à Amber, qui frotte ses yeux avec ses mains. J'ai sûrement dû lui lancer de l'eau à ce niveau-là.

— Hum... ça va, princesse ?

— Mmh.

Elle continue de frotter ses yeux tel un bébé. Elle semble si fragile à ce moment-là. Ça réveille mes craintes enfouies depuis longtemps. Depuis la mort de ma mère.

— Depuis quand fais-tu ta chochotte ? lui lancé-je amusé.

— La ferme, enfoiré !

Amber est très énervée. Je vais sous l'eau et me mets à côté d'elle. Je l'attrape par la taille et la soulève. De peur, elle se colle contre moi et enroule ses jambes autour de mon corps. Ses deux mains attrapent ma nuque, alors que je me replie. Je sens qu'elle a peur que je la jette dans l'eau. Chose que je ne ferais pas. Je la fais glisser pour la remettre à l'eau doucement. Ses jambes se détachent, mais elle laisse ses deux mains sur moi, dont une qui a attrapé mes cheveux. Si je fais le moindre faux pas, elle n'hésitera pas à me tirer mes cheveux. Et je sais que ce sera de toutes ses forces.

Merde.

Je la décolle de moi et m'éloigne rapidement. Honteux. Je ne sais pas ce qu'il se passe, si c'est sa peau contre la mienne qui a réveillé une envie soudaine, mais je bande. Au fond, je sais que ce sont mes hormones liées aux frottements. C'est naturel, normal. Ce n'est pas un quelconque désir de coucher avec une femme. C'est plus machinal, instinctif.

Mais Amber a dû s'en apercevoir, car ses yeux sont ronds d'étonnement. Elle bafouille quelques mots et s'éloigne aussi sans me lâcher des yeux.

*

Ce que je craignais se passe actuellement. Holly est dans la chambre d'Amber. Elles sont en train de parler et rigoler à voix haute. Elles pourraient quand même se faire plus discrètes. Elles ne sont pas seules.

Comme à chaque fois, je sors de mon lit, hors de moi, et vais jusqu'à la porte de la chambre. Je toque jusqu'à ce qu'Amber m'ouvre. Sans autorisation, j'entre et me positionne entre les deux filles.

Le regard de ma demi-sœur me fait frissonner, de peur ou d'étonnement. Elle semble à la fois énervée et amusée. Je ne sais pas si elle s'en rend compte, mais elle me déstabilise. Cette façon qu'elle a de me regarder pourrait faire perdre la tête aux hommes les plus droits dans leurs bottes. Encore une chance qu'elle ne se comporte pas comme certaines filles du lycée. Elle battrait tous les records !

— Vous pouvez arrêter ce putain de boucan ! Il est déjà deux heures du matin !

— Tu cries bien là, remarque Amber en souriant.

Son air angélique m'énerve. Je n'arrive même plus à me mettre en colère. Son sourire me fait aussi sourire. Mon énervement est parti, guéri par Amber, comme à chaque fois. Elle a un don, j'en suis certain. Sinon, pourquoi serait-elle dans ma vie ?

— Tu veux te joindre à nous ? me propose Amber.

Ça y est, on me perd. Trois, deux, un.

— Hum... vous faites quoi ?

Bon, là, c'est officiel, je ne suis même plus énervé ou fatigué.

— Tout et rien. Là, on était en train de parler du futur.

J'accepte rapidement — trop rapidement — tout en m'insultant. Je viens pour leur dire de la fermer et je me retrouve au sol, entre les deux filles, à discuter.

Holly nous apprend qu'elle veut partir en Angleterre pour apprendre la langue. Elle a déjà contacté une maison où elle sera fille au pair. Amber, quant à elle, veut travailler dans les parfums ou les fleurs. Elles me posent alors la question. Je ne sais pas encore si je dois leur en parler. Jusque-là, j'ai toujours gardé ça privé.

— Bah... je voudrais tenir mon agence immobilière... avoué-je timidement.

Amber ouvre grand ses yeux. Elle semble très étonnée.

— Mais... comment ?

— Quand je vais obtenir mon bac, je vais partir dans un BTS professions immobilières pour deux ans. J'ai déjà vu où je dois aller... Après, je reviendrai ici.

— Attends, tu comptes partir ?

Son timbre de voix ne me dit rien qui aille. À croire qu'elle est contrariée que je parte. Il faut la comprendre. Nous avons pratiquement mûri ensemble. Nous nous sommes aidés mutuellement à aller plus loin, à oublier nos insupportables passés.

— Oui, je suis obligé.

Ça jette un froid. Amber croise ses bras sur sa poitrine, alors qu'Holly se renfrogne sur elle-même.

— Bref, je vais me coucher, annoncé-je.

— Déjà ? me demande Holly.

— Ouais.

Je me lève et me dirige vers la sortie après leur avoir souhaité une bonne nuit. Je sors et retourne dans ma chambre. Alors que je me tourne pour fermer la porte, je m'aperçois qu'Amber m'a suivi.

Je pense déjà savoir ce qu'elle va me dire. Nous n'avons pas vraiment parlé de ce qu'il s'est passé à la piscine. J'appréhende ce moment. Elle a pu mal le prendre.

Elle ferme la porte derrière elle en la poussant de son pied droit. Ses yeux bleus se plongent dans les miens et m'ôtent le peu d'agacement qu'il me restait. Ma bouche s'entrouvre, tandis qu'elle s'approche. Elle ne se rend sûrement pas compte de ce qu'elle déclenche en moi.

Bon sang, il faut que je me ressaisisse ! C'est ma demi-sœur ! Même si nous n'avons aucun lien de sang, ce n'est pas possible. Je dois vraiment apprendre à maîtriser mes hormones.

— Il faut qu'on parle, Gabriel.

Je hausse un sourcil. Amber se cale contre la porte.

— C'est à propos de ce que je veux faire ?

— Non. À propos... du baiser d'Holly. Elle m'a tout raconté.

— Ça ne peut pas attendre demain ?

Elle refuse de la tête. Je n'ai pas du tout envie de parler de ça maintenant et encore moins avec elle.

— Et aussi... de ce que j'ai senti... à la piscine...

Je tente de rester maître de moi-même, ne pas lui faire voir que je suis embarrassé. C'est très compliqué.

— Amber, soufflé-je. C'était à cause de la température. J'ai jonglé entre le froid et le chaud... puis heu...

Je me tais. Je n'ai pas de bonnes explications à donner. Il n'est pas question que je dise que mes hormones travaillent depuis quelques semaines. Parce que c'est le cas.

La dernière fois que j'ai couché avec Amélie était il y a plus d'un mois. Je ne suis pas accro. Mais c'est assez dur d'être comme privé de quelque chose d'aussi intense et délicieux. Mon corps semble vouloir me faire payer de ne pas lui faire du bien.

Puis, je ne suis pas du genre à me branler pour me satisfaire. Avec Amélie, nous n'avons pas encore parlé de ça. De notre sexualité séparée. J'aurais peur qu'elle prenne mal le fait que je me fasse du bien seul.

Elle roule des yeux. Visiblement, elle ne me croit pas.

— Oh, arrête deux secondes, veux-tu ? J'ai bien compris.

Amber ne continue pas. Elle se contente de m'observer en souriant.

— Et... tu as compris quoi ?

— Que tu devrais passer du temps avec ta garce, lance-t-elle, amèrement avant de se retourner.

Je l'observe sortir de ma chambre et claquer la porte. Pas de doute, elle est très en colère.

J'avais bien raison, elle l'a mal pris. Ce n'est pas vraiment de ma faute, je ne peux pas contrôler ça. C'était instinctif.

Tout va devenir compliqué. À cet instant, je comprends que notre relation a changé, qu'elle ne sera plus aussi proche. Ça m'horripile. J'aimais notre amitié. Plus que tout. La voir se modifier ainsi serre mon cœur.

Chapitre 7

Maintenant

Allongé comme une merde sur mon canapé, je regarde la télé. Je n'ai pas bougé depuis trois jours. De toute façon, je n'ai rien d'autre à faire. Je commande à manger, puis me rallonge sur mon canapé blanc. Canapé qu'Amélie a choisi il y a moins de six ans, d'ailleurs.

Pour elle, j'ai changé mes projets. J'ai trouvé une alternative. Même si j'ai pu faire le métier que j'ai voulu, je ne suis pas allé à Paris pour mes études. Et j'ai pourtant lâché ma famille.

Amélie… Je n'ai eu aucune nouvelle. C'est mieux ainsi. Je ne sais pas ce que je pourrais lui faire si je la croise. Elle m'a trahi, je me sens plus bas que terre. Je l'aimais cette fille, plus que tout. Pour elle, j'ai tout quitté. Vraiment tout. J'ai fait tout ce qu'elle désirait, peu importe le moment et l'heure.

Noël n'est même pas dans quatre jours et je ne me sens plus d'humeur à sortir le fêter. D'un autre côté, je ne peux pas annuler. J'avais prévenu que je venais. J'ai besoin de revoir ma famille, d'en apprendre plus et de découvrir le copain de ma sœur. Cela me fera du bien, après ce qu'il s'est passé. Je l'espère.

J'ai même peur de craquer devant eux. Je suis humain, j'ai des sentiments. Certes, je n'aime pas que l'on pense que je suis faible, mais montrer parfois ce que l'on ressent est bien. Sauf que là, je ne désire pas qu'ils pensent que je reviens auprès d'eux uniquement pour être soutenu. Donc je vais garder tout pour moi. Encore une fois.

Je zappe pour la dixième fois de chaîne. Il n'y a rien qui m'intéresse. Je tombe sur un dessin animé. Je pose la télécommande sur la table basse en verre. À ce moment-là, je me sens bien. J'ai l'impression de ne pas avoir grandi. Je regardais ça quand j'étais enfant avec Amber. Nous aimions passer du temps devant ces chaînes pour enfants. J'aimerais tellement pouvoir retourner à ce moment-là de ma vie, être avec Amber et ma famille. Ma mère nous apportait toujours à goûter et nous mangions au sol, pour ne pas tacher le canapé.

Je me perds en regardant le chat pourchasser la souris. Pire, je me sens vide et mes yeux deviennent lourds.

*

La télévision me réveille et me fait sursauter. Les pubs sont toujours plus élevées que les dessins animés. J'éteins tout et me lève.

Dans quelques heures, je serai dans ma voiture pour rejoindre ma famille. Seul. Je n'ai pas encore choisi ma tenue et mon pyjama. Je vais dans la chambre et fouille dans mes tiroirs. Je sors un pyjama spécial Noël. Je cherche alors quelque chose à me mettre. Une chemise rouge en coton et un pantalon noir. C'est doux. C'est ce que je préfère. Je prends une cravate noire au cas où.

Une fois tout prêt, mon sac fait, je vérifie l'heure. Je dois être parti dans moins de deux heures. L'excitation se mêle à la peur. Vais-je devoir tout expliquer ? Je pourrais utiliser le copain d'Amber pour me sauver. Lui est l'inconnu, je n'aurai donc pas de mal à lui poser des questions pour faire diversion.

J'emmène mon sac vers la porte. Je fais attention à ne pas me couper avec les morceaux de verre que j'ai cassés. Je n'ai pas pris le temps de nettoyer l'appartement. Pour l'instant, ça ne sert à rien. Je ne reçois personne et je ne bouge pratiquement plus. Canapé, salle de bain, téléphone et porte pour récupérer mes commandes de nourriture.

Une lettre a été posée à ma porte. Je me baisse et m'en saisis. Elle vient d'Amélie. Automatiquement, je serre la mâchoire. Après un combat avec moi-même, j'ouvre la lettre et la lis. Amélie m'annonce qu'elle veut récupérer l'appartement et ses affaires intactes. Je me mets à sourire en lisant qu'elle souhaiterait l'appartement rangé. Elle n'a pas idée de ce qui se trouve derrière la porte fermée. Mais son mot m'agace plus que tout. Cette garce veut vraiment l'appartement alors que je l'ai payé seul ? Elle n'a pas normalement le droit. D'un autre côté, je ne l'aime pas plus que ça. Si elle le veut, alors elle va l'avoir, mais en piteux état. Il est hors de question que je le range et le nettoie pour elle.

Elle a fait ressortir mon côté mauvais. Il faut vraiment que je reprenne mes esprits. Être méchant ne m'apportera rien. À part un peu de réconfort... Non ! Ce n'est pas bien. Même si ce qu'elle m'a fait m'a détruit, je ne peux pas me venger.

*

Je quitte l'immeuble et gagne ma voiture noire. Je prends la route, impatient. Je la connais par cœur. Durant ses dernières années, je la prenais pour aller chez mes parents. Je passais devant chez eux, regardais quelques secondes avant de repartir. Parfois, je les voyais, des fois non. J'ai même croisé plusieurs fois Amber sortir ou entrer chez eux, mais jamais, je n'ai eu le courage de lui parler ou même sonner pour voir mes parents.

J'ai été stupide de les éloigner pour Amélie. Maintenant, la situation de tout à l'heure me stresse déjà. C'est pourquoi j'ai décidé d'attendre Amber sur le parking. Je pourrai discuter un peu, avant d'entrer chez mes parents. De plus, je vais devoir leur dire pour Amélie. Je connais bien Amber, si je tente de le cacher, elle va me poser des questions sur elle. Autant l'avouer tout de suite. Mais pas question que je laisse échapper mes sentiments.

Après avoir fait le tour de la voiture pour prendre mon sac et avoir fermé la porte du véhicule, je me dirige tremblant vers le portail de mes parents. Je le reconnais. Je l'ai passé temps de fois. Je me cale contre les cyprès pour attendre ma sœur. Plusieurs longues minutes après, je la vois dans une voiture. Un homme conduit. Elle me fait un signe de la main et me sourit. La voiture garée à côté de la mienne, elle sort et court jusqu'à moi. Mon cœur loupe un battement. L'homme qui l'accompagne tient la main à un petit garçon. Ce dernier sourit et garde les yeux rivés sur celui que j'imagine être son père.

Le copain d'Amber prend deux gros sacs et nous rejoint en marmonnant. Il ne porte pas attention à l'enfant en bas âge, alors que le petit commence à s'agacer et tire son bras. Bien que je n'aime pas ça, je suis déjà en train de juger. Le père serait-il impatient ? Ou l'enfant serait-il ingérable ? S'il tire de sa mère, oui, l'enfant doit être un tantinet incontrôlable !

Je baisse mes yeux sur ma demi-sœur, qui est toujours accrochée à mes bras. Quand elle se détache de moi, elle me lance un petit sourire en coin. Crispé, je ne sais pas comment réagir. Personne ne m'a dit qu'elle avait un enfant.

— Je suis contente de te voir, Gab. Je te présente Damien et Nathanaël.

Je me penche pour serrer la main de l'homme qui est plus petit que moi. Il fait comme s'il s'en moquait et ne la serre pas. Je me redresse. Je ne sais pas à quoi il joue, mais il commence déjà à m'énerver.

Damien est brun. Il n'est pas fort de corpulence, comparé à moi. Il a les yeux marron noisette. L'homme a l'air plus vieux qu'elle de quelques années.

— Je suis Gabriel, le demi-frère...

— Je sais, me coupe-t-il froidement. Pas besoin d'y passer trois plombes.

Je plisse mes yeux, plus qu'étonné par son petit ton condescendant. Amber se met à rire nerveusement et attrape le bras de son copain. Elle lui lance un regard noir pour le calmer. Il se contente de hausser les épaules.

Mon attention se porte sur le petit garçon. Pourquoi ne m'a-t-on pas dit qu'elle avait un enfant ? Je n'ai rien pour lui. Cette situation me met mal à l'aise.

— Bonjour ! me fait-il, d'une voix chaleureuse.

Il a les yeux bleus. Les mêmes que sa mère. Je détourne le regard vers Amber qui lui sourit.

— Bah, dis-lui bonjour ! s'exclame-t-elle, en levant les yeux au ciel.

— Oh, excuse-moi... J'étais dans mes pensées... Bonjour, toi.

Il grimace, avant de me tendre sa petite main.

— Quand on est des hommes, on se serre la main, me dit-il.

Je ne peux pas m'empêcher de pouffer. À ce que je vois, elle l'a très bien éduqué ! Je serre la main du petit, après m'être penché pour être à sa hauteur.

Il porte un jean bleu avec une chemise grise. Sa doudoune rouge flashe assez, mais lui va très bien. On dirait un homme, en miniature. C'est assez amusant.

En temps normal, je ne suis pas proche des enfants. Je ne pense pas avoir la patience et pouvoir faire l'idiot, car j'ai constaté que la plupart des adultes se comportaient différemment avec les enfants. Certains prennent même des timbres de voix étranges.

— Je te présente mon fils, m'indique Amber, toute pimpante. Et Nathanaël voici... ton oncle.

Hésitante, elle accroche sur les derniers mots. Oui, sur le papier, je suis l'oncle de ce gamin. Mais en réalité, je ne suis rien du tout. Si nos parents ne s'étaient pas épousés, elle ne serait pas ma demi-sœur.

Je me redresse sur mes pieds. Que suis-je censé dire ? Oh super, j'ai un neveu ! Celle-ci, je ne m'y attendais pas du tout. Amber est en couple et a un enfant !

Puis, Jade m'a dit qu'Amber fréquentait depuis peu Damien. Ce n'est donc pas son père, puisque l'enfant a plusieurs années. Donc elle l'a eu avec un autre homme ou elle l'a adopté. Ce qui est tout à fait possible.

— Donc... j'ai un neveu. Il a quel âge ? Tu aurais dû me le dire, je lui aurais pris quelque chose !

Amber lève les yeux au ciel.

— Mon fils n'a pas besoin de cadeau d'un homme qu'il ne connaît pas, réplique-t-elle froidement. Tu dois d'abord faire connaissance avec lui.

Ouh... Mais qu'est-ce qui lui prend ? Elle n'a que rarement été dans cet état.

En attendant, elle n'a pas répondu à ma première question.

— Je... heu okay, bafouillé-je, stupidement. Comme tu voudras, princesse.

Lui dire ce surnom m'arrache une grimace. Elle a eu un enfant ! Cette information est toujours en boucle dans ma tête. Je n'arrive pas à oublier ça. Bizarrement, ça me rend triste. Savoir qu'elle a fait sa vie, qu'elle n'est pas aussi inexpérimentée que moi... En même temps, jamais elle n'aurait pu tenir aussi longtemps sur le marché. Elle est jeune et jolie, intelligente et toujours souriante, enfin sauf quand on parle de son fils, visiblement. Objectivement, même après avoir eu un enfant, elle est toujours aussi désirable.

Sans rien ajouter, nous ouvrons le portail. Ma mère ne le ferme que la nuit, jamais la journée. Je me suis toujours dit que ça pourrait leur apporter des problèmes.

Amber se précipite la première à la porte d'entrée. Elle nous fait un signe de nous taire, puis sonne. Après plusieurs secondes de silence, notre mère ouvre la porte. Ses yeux se posent directement sur moi. Elle embrasse vite Amber avant de se jeter dans mes bras.

— Je suis contente que ta copine t'ait laissé venir ! s'exclame-t-elle. Mais elle ne voulait pas se joindre à nous ?

Si je lui dis maintenant que nous ne sommes plus en couple, elle va m'en parler toute la soirée. Elle va être triste pour moi et je n'ai pas envie de ça ce soir. Je ne lui réponds pas et lui fais un signe de la tête vers le copain d'Amber qui sourit à cette dernière. J'attends avec impatience qu'il soit aussi impoli qu'avec moi. Je vais bien rire en voyant la réaction de ma mère.

— Bonjour, Damien. Amber nous a beaucoup parlé de vous !

— Bonjour, madame. Moi aussi, mais elle s'était trompée sur une chose. Puis-je vous avouer que vous êtes ravissante ?

Si je le pouvais, je vomirais. Il n'a donc aucun culot. Il est assez froid avec moi, mais avec ma belle-mère là, il lui sort le grand jeu. Jade lui sourit rapidement. Elle ne semble pas aussi dupe que ça. Tant mieux.

Les présentations faites, nous entrons dans la maison. Je me dirige le premier vers mon père qui est assis dans le canapé. Il me salue, puis tourne sa tête vers sa télé. Il me lance quelques coups d'œil, amusé. La télécommande en main, il appuie sur le bouton pour éteindre l'écran. Toujours silencieux, il porte son attention sur Damien.

— T'es qui, toi ? demande mon père, avec une voix froide.

— Je m'appelle Damien. Je sors avec votre fille...

Donc elle n'a jamais présenté son petit-ami. Je vois enfin pourquoi elle disait que ce n'était pas officiel.

— Tu ne sors pas avec elle, rétorque mon père. Pour ça, il faut que tu aies mon approbation.

J'esquisse un sourire. Bien fait pour lui. Amber ne l'a-t-elle pas prévenu ? Notre père ne fait confiance à personne et n'accepte encore moins ses possibles copains. Ça a été la même chose avec moi. Il n'a pas aimé que je lui présente Amélie. Il lui a posé des questions et lui a fait faire des tests pour être sûr. Et, au final, il avait raison. Tout comme Jade, Holly et Amber.

Mais pour ma demi-sœur, c'est différent. Il la surprotège suite à la violence qu'elle a subie étant enfant.

— D'accord Monsieur. C'est tout à fait normal.

Le lèche-cul.

Je roule des yeux et lance un regard à Amber qui semble stressée. En croisant mon regard, elle mord ses lèvres avant de baisser la tête. Il y a une chose que je regrette, c'est de ne pas comprendre les femmes. J'aurais aimé lire dans leurs pensées pour les comprendre.

— Gabriel, tu peux mettre tes affaires dans ton ancienne chambre, me fait ma mère. Damien dormira avec Amber.

Mon père se met à grogner.

— Ce garçon dormira sur le canapé du salon, pas avec notre fille, refuse notre père.

— Je peux lui laisser mon ancienne chambre, je dormirai dans le canapé, proposé-je.

Ma mère refuse de la tête, tandis que mon père répète sa phrase. Damien met son grain de sel et accepte de dormir dans le salon. Bon petit homme. Je vois clairement qu'il fait tout pour être accepté.

Je vais alors poser mes affaires. La chambre n'a pas du tout bougé. Tout est resté intact, sauf les affaires que j'ai emportées pour déménager.

Alors que je vais pour regagner le salon, je me stoppe net. Deux voix semblent provenir du couloir. Je tends l'oreille, beaucoup trop curieux. Il s'agit d'Amber et de son copain.

— Ne t'amuse pas avec Gabriel, lance-t-elle, agacée.

— Tu sais très bien ce que je pense de lui ! s'énerve le garçon.

— Contente-toi de faire ce pour quoi tu es là. Et ne gâche pas tout. Je n'ai pas envie de me mettre à dos mes parents ou de perdre à nouveau mon demi-frère.

La voix d'Amber est menaçante. Ce n'est pas la première fois qu'elle emploie ce ton. Quand elle l'utilise, c'est qu'elle ne plaisante pas. Il faut alors faire ce qu'elle désire, sinon bienvenu en enfer.

— Tu sais bien ce qu'il m'a fait Amber !

— Si j'étais toi, je ne me soucierais pas de ce qu'il t'a fait, mais de ce que je vais te faire si tu continues !

Je me retiens de rire. Elle est toujours la petite furie.

Je me demande quand même de quoi ils parlent. Je n'ai jamais rencontré son mec. Qu'est-ce que j'aurais pu lui faire de grave ? Peut-être l'ai-je une fois bousculé dans la rue ? Mais on ne peut pas m'en vouloir pour ça ! Surtout que j'essaie toujours de m'excuser, sauf quand je suis de mauvaise humeur. Chose de plus en plus fréquente, ces derniers jours.

J'attends qu'ils partent pour les rejoindre en bas. Je sens le regard de Damien sur moi. Je repense aux phrases d'Amber. Elle ne veut pas me perdre. Il en est de même pour moi. Pas une deuxième fois.

Notre mère lance une discussion. Elle opte pour un sujet sur Noël. Rapidement, notre père commence à raconter des souvenirs de famille. Nous rions tous quand il avoue que je faisais croire que je dormais le soir du réveillon, puis qu'il me retrouvait sur le canapé, endormi, alors qu'il était sur le point de mettre les cadeaux.

Maman raconte un souvenir. C'était au début, quand elle avait adopté Amber. Elle avait demandé à un ami de se déguiser en père Noël. En s'approchant d'Amber, avec son costume rouge, cette dernière s'était mise à pleurer. Elle avait été tétanisée et personne n'a su pourquoi.

— Je n'avais jamais vu de père Noël de ma vie, annonce Amber en baissant la tête.

— Oh, Amber... chuchote Damien.

Elle relève la tête, gênée. Ses pupilles n'ont d'yeux que pour son mec. Pour la réconforter, il lui envoie un baiser. Je roule des yeux face à ce geste d'amour. Cela me renvoie à Amélie. Mon cœur se serre de douleur.

— Moi, j'adore le papa Noël.

La petite voix du fils d'Amber me tire de mes pensées. Je tourne ma tête vers lui. Il sourit et sautille sur les cuisses de sa mère. Amber lui demande de se calmer, d'une voix calme.

Chapitre 8

Avec Amber, nous aidons notre mère à préparer le reste du repas de ce soir. Quant à Damien et Nathanaël, ils sont en train de parler avec notre père. Je ris en sourdine quand j'entends Damien hésiter à répondre. Il n'a pas l'air à l'aise en ce moment et cela fait mon bonheur.

Je m'occupe des langoustes. Elles bougent encore, ce qui me file la chair de poule. J'aime bien manger, mais pas toucher aux animaux vivants. Je ne peux m'empêcher de regarder plusieurs fois Amber. Nos regards se croisent. Gênée, elle reporte vite son attention sur ce qu'elle fait.

— Amber, fais-je, d'une voix douce et posée. Tu penses que, si ton copain te demande de devenir sa femme, tu diras oui ?

J'entends soudainement Amber étouffer un cri. Ma mère et moi l'observons en silence. Son visage est baissé vers le plan de travail. Elle n'a pas dû aimer ma question, vu son air.

Quand je pose mes yeux sur ses mains, je comprends qu'elle s'est coupée avec le couteau, tout en préparant une entrée. Et c'est de ma faute. J'aurais dû la fermer. Je n'aime pas quand elle souffre et, encore moins, quand j'en suis le responsable. D'ailleurs, j'ai horreur du sang. Je pourrais m'évanouir si sa blessure était plus en profondeur.

Elle pose le couteau, puis se recule d'un pas, toujours en observant son doigt. J'ai un haut-le-cœur en voyant le liquide couler de son petit doigt fin. Je ferme les yeux quelques secondes et pense à son sourire, tout en inspirant l'odeur de la nourriture. Quand je rouvre les yeux, Amber est toujours sous le choc.

— Je... je reviens..., nous fait-elle, en grimaçant.

Je me replonge dans la préparation des langoustes. Après plusieurs longues minutes, Amber n'est toujours pas revenue et je n'entends plus la conversation entre mon père et son copain. Je me déplace jusqu'à voir le salon de la cuisine. Mon père est avec le petit au sol. Ils jouent aux petites voitures.

Quand je me retourne, ma mère a les yeux posés sur moi. Elle fait la moue, avant de me désigner de la tête.

— Va voir ce qu'ils font, m'ordonne-t-elle. Je ne fais pas confiance à ce garçon.

J'esquisse un sourire. Alors comme ça, elle ne lui fait pas confiance ? Tant mieux, moi non plus. Je hoche la tête et me lance à la poursuite de ma demi-sœur. Je les retrouve dans la salle de bains à l'étage. La porte marron est entrouverte. J'aperçois Amber assise sur le bord de la baignoire et Damien debout, collé contre le mur à sa droite. Je tends encore une fois l'oreille. Étrangement, je prends goût à les espionner.

Ils ne parlent pas. Damien regarde le plafond et Amber met un pansement à son doigt. Je la connais par cœur. Elle n'a jamais mal. Du moins, c'est ce qu'elle laisse croire. Jamais elle ne mettrait un pansement si elle n'avait rien.

Damien tourne sa tête vers moi et me toise. Il croise ses bras contre son torse. Je grimace, gêné qu'il m'ait remarqué. Puis, je prends mon courage à deux mains et entre dans la salle de bains. Je lâche Damien des yeux, pour observer ma petite demi-sœur qui est encore en train de se soigner.

— Ça va ? lui demandé-je.

Son visage se lève et ses petits yeux bleus se posent sur moi. Elle hausse les épaules.

— Ça continue de saigner... je me suis enlevé un bon morceau de peau...

De dégoût, je grimace à nouveau, imaginant la scène.

— En même temps, si tu ne sais pas utiliser un couteau, ma chère... lancé-je, pour tenter de détendre un peu l'atmosphère.

Elle sourit avant de reporter son attention sur son doigt. Effectivement, du sang tache le pansement. Il va falloir qu'elle le change.

— T'adresse pas à elle comme ça, s'exclame Damien, sèchement.

Je hausse un sourcil tout en lui coulant un regard amusé.

— On a l'habitude, rétorqué-je.

— C'est ça. Bah, en ma présence, tu la fermes.

Je laisse échapper un rire nerveux. Croit-il vraiment me faire peur ? Cet homme a un problème. Je ne suis pas son pote. S'il fait tout pour impressionner mes parents, avec moi, c'est bien le contraire !!

— Je suis navré, mais je n'ai pas d'ordre à recevoir de toi...

Un sourire malsain se dessine sur ses lèvres. Je ne sais pas pourquoi, mais là, j'ai très envie de l'encastrer dans le mur.

— Je protège Amber, contrairement à toi, lance-t-il sur le même ton qu'auparavant.

— Damien, arrête ! s'écrie Amber. Tu lâches Gabriel !

Il se contente de s'éloigner vers la porte, mais ses traits sont fermés. Il m'inspire la haine.

— Si tu préfères ton demi-frère à moi...

Il sort sans laisser le temps à Amber de lui répondre. Je dois avouer que je suis amusé par son attitude. Cet homme a l'air jaloux du demi-frère de sa copine, ce qui est totalement incompréhensible.

Je plonge mes yeux dans ceux d'Amber. Elle est fuyarde, ce qui n'est pas dans son habitude. Elle se lève et s'apprête à quitter la pièce. Il est hors de question que je la laisse partir ainsi. Je l'attrape par le bras et la fais se tourner vers moi.

— Pourquoi es-tu avec ce mec ? demandé-je. Il n'est pas pour toi, tu le sais bien, Amber. Je...

Elle se libère de mon emprise, en gesticulant dans tous les sens.

— Mêle-toi de tes affaires, m'ordonne-t-elle en criant.

Je ne la retiens pas plus. Je n'ai pas envie qu'elle s'énerve encore plus contre moi.

De retour en bas, la table du salon est déjà préparée. Damien est en train de poser le dernier couvert.

Oh, bon sang.

Ma mère se précipite vers la télé et pique la télécommande à mon père. Ce dernier râle, comme à son habitude, mais la laisse faire. Elle met en route le lecteur DVD.

Putain, non, pas ça !

Tout va assez vite. Elle lance un DVD et nous propose de nous asseoir pour le regarder. Je crains de tomber sur des choses anciennes. Des choses que je n'ai pas envie de ressasser. Je suis entre ma mère et ma demi-sœur. Amber est collée à son mec, la tête posée sur son épaule. Il me lance un regard amusé, puis se tourne vers l'écran. Quant à son enfant, il continue de jouer aux petites voitures sur le tapis du salon.

La première vidéo est quand nous étions à la plage. Amber et moi étions dans l'eau en train de nous amuser comme des enfants. Amber avait les cheveux blonds, car elle s'était décolorée et fait une coloration. La raison ? Des tas de filles au lycée lui avaient dit qu'elle n'était pas belle en noir et que personne ne voudrait d'elle. Quelques mois après, elle avait fait une coloration noire, car on se moquait à nouveau d'elle.

On nous voit nous pousser dans l'eau. Je tentais de lui mettre la tête sous l'eau, mais elle arrivait à m'esquiver. En moins de deux, elle fut sur mon dos hilare.

La vidéo se termine et passe à une autre. Cette fois-ci, c'est le jour de mes seize ans. Amber commençait à se moquer de moi, car je venais de souffler les bougies. On peut entendre les quelques applaudissements provenant de nos parents et d'Holly. Elle se positionna derrière moi, tandis que j'étais assis sur la chaise devant le gâteau. Ses mains se placèrent devant mes yeux. Il ne se passa rien de plus. Du moins, rien de bien important.

Celle d'après provient de plus jeunes, au tout début de son arrivée. Nous avions l'air fâchés, notre mère apparut dans la vidéo et nous somma de nous réconcilier. Je ne me souviens plus de la raison de notre embrouille et je dois dire que je l'avais totalement oubliée.

Ce que nous fîmes fut encore plus choquant que tout. Je m'approchai d'elle dans mon petit pyjama bleu ciel et l'embrassai sur la bouche. Je n'arrive pas à croire qu'adolescent nous avions fait ça. Si j'ai juste, nous étions bien avant les aveux d'Amber sur sa première famille adoptive.

C'est quelque chose d'anodin de déposer ses lèvres ainsi. À notre âge, maintenant, ce serait tout à fait différent !

Une nouvelle séquence commence, je manque de m'étrangler en voyant les images volées. Amber et moi sommes tous les deux dans la piscine du jardin. Ce jour, je m'en souviens comme si c'était hier. C'est le jour où tout a commencé, où nos vies ont changé. La vidéo semble zoomer pour seulement nous voir, malheureusement. On me distingue très clairement collé contre la paroi de la piscine et Amber collée contre moi. Sa tête est enfouie au creux de mon épaule. Encore une chance que l'on ne voit pas correctement ce qu'il se passe.

Je tourne légèrement ma tête vers Amber, elle aussi semble sous le choc de ce qu'elle a sous les yeux. Elle s'est éloignée de son copain. Son regard se pose sur moi. Ses yeux sont ronds, sûrement autant que les miens. J'essaie de lui faire comprendre qu'on ne doit pas s'inquiéter.

Au fond, j'essaie d'y croire, mais je sais que c'est impossible. Si nos parents sont assez intelligents, ils risquent de comprendre ce que nous trafiquions à ce moment-là.

— Vous étiez si proches, souffle ma mère avec nostalgie.

Et encore, tu ne sais pas tout, pensé-je.

Amber racle sa gorge, gênée. Je replonge mes yeux sur la télé. Je souffle de soulagement et remarque qu'Amber a fait la même chose, quand la vidéo se termine enfin.

Le regard de Damien croise le mien. À son air, il semble avoir compris ce qu'il se tramait entre nous, autrefois. Étrangement, je fais ce que je ne devrais pas. Je lui fais un grand sourire. Il se crispe, ce qui m'amuse. Il ne sait pas à quel point je peux jouer.

Mais, en réalité, il faut que j'en parle à Amber. Nous ne pouvons pas nous permettre de rester muets. Ce qu'il s'est passé doit être discuté, maintenant que nous sommes plus grands et matures. Je ne fuirai pas, comme je l'avais fait.

Quand le montage vidéo est terminé, notre mère nous invite à prendre place autour de table pour commencer les apéritifs. Malgré que nous soyons passés à autre chose, la vidéo me hante. Je ne savais même pas qu'elle existait. Comment nos parents ont-ils pu nous la cacher ? Pourquoi ne pas nous l'avoir montrée avant ?

Je quitte la table avec mon verre de vin et me dirige vers le poste radio. Alors qu'ils parlent tous, je lance un CD de mon père spécial Noël, espérant que cela me calme un peu.

Je retourne à ma place, sous le regard perturbé de ma demi-sœur. Je lui fais un faible sourire. Sa tête se baisse. Du coin de l'œil, j'ai bien vu que son copain nous a observés. Il pose sa main sur celle d'Amber et l'embrasse. Mon père s'en aperçoit et racle sa gorge avant de lui demander de s'écarter de sa fille.

La façon dont il protège Amber m'émeut. Elle n'est pas vraiment sa fille, encore moins celle de sa femme, mais ils la considèrent comme leur propre enfant.

Je ne la lâche pas des yeux, elle est magnifique. Mon cœur se met à battre lourdement dans ma poitrine. Je me remémore ce qu'il s'est passé avant sa venue dans ma triste vie. Elle a tout changé. Elle m'a aidé à surmonter quelque chose d'horrible. J'avais tout perdu, mais elle m'a tout donné. De l'amour, du bonheur.

Il m'arrive parfois de repenser à ma mère biologique. Je ne l'ai pas vraiment connu, puisqu'elle nous a quittés très tôt. Elle et Laure. Mes amours. D'un autre côté, jamais je n'aurais eu ma belle-mère actuelle et Amber. Non, ce n'est pas un mal pour un bien, mais Amber est mon pansement à elle toute seule. Elle panse les profondes plaies ouvertes dans mon cœur. Mes blessures que je garde pour moi-même. Même Amber ne sait pas la vérité. Je n'ai jamais su comment lui dire. Personne, à part mon père, ma belle-mère et moi, ne connaît la vérité.

Je ne sais même pas pourquoi je n'ai jamais osé lui dire. J'avais peut-être peur qu'elle soit assez triste pour moi. Je ne veux juste pas la culpabiliser de prendre la place de quelqu'un.

Nous nous servons des apéritifs et buvons l'alcool que notre mère a mis à disposition. Je reste silencieux et les écoute discuter de tout et de rien. Je n'ai plus rien à l'esprit à part parler à Amber. C'est devenu comme un objectif, une mission que je dois faire au plus vite. J'ai bien remarqué qu'elle s'est poussée avec sa chaise pour s'éloigner de moi. Ça me touche. Comme si elle a soudainement peur de moi ou de ce qui pourrait arriver.

Je frissonne à cette idée. Mes sourcils se froncent immédiatement. Je n'ai pas le droit de m'en souvenir et d'en vouloir plus. Non. J'ai l'impression d'être un homme malhonnête. Je baisse la tête, honteux. J'ai même peur qu'ils comprennent tout.

La main tremblante, je prends un canapé de concombres sous les regards de ma demi-sœur et de mon père surpris. Je me réinstalle sur la chaise. Je sens que la soirée va être longue à ce rythme, surtout que le copain d'Amber tente d'attirer l'attention sur lui en racontant toute sa vie. J'aurais vraiment voulu lui donner une chance. Sincèrement, ou pas... Mais là, la façon qu'il a de parler de lui m'exaspère. Il sait tout mieux que personne, il est le meilleur. Il sauve des gens dans la rue.

Il n'a pas encore dit son métier et, à chaque fois qu'on lui pose la question, il dévie sur autre chose. Soi-disant, il gagne pas mal d'argent. Soit il a un poste haut placé et il ne peut pas en parler, soit il ment. Tout simplement.

Chapitre 9

Notre père est en bout de table, comme à son habitude. Il aime être celui qui domine et protège sa famille. Je suis à son côté droit et à côté d'Amber. Pour le repas, Damien s'est mis en face de ma demi-sœur et maman s'est mise en face de moi. Ce qui fait qu'elle est au côté gauche de son mari. Quant au petit, il est au bout-de-table, entre Amber et Damien. Ce dernier ne s'en préoccupe pas. Je suis même un peu étonné. Il a dû accepter l'enfant pour être avec Amber. Alors pourquoi agit-il comme si le petit était un fardeau ?

Mes pensées jonglent entre Damien et la vidéo. Je devrais passer à autre chose, mais je me sens toujours gêné. La vidéo a volé un moment oublié et enfoui au plus profond de mon esprit. Je me fais déjà des films, me créant des dialogues comme si je parlais avec Amber. Je n'arrive pas à tomber sur quelque chose de juste. La peur de la blesser, de lui dire une bêtise, m'effraie. Je ne veux pas qu'elle pense que c'était seulement à cause d'Amélie, mais je ne veux pas non plus qu'elle croie que c'était voulu.

Non, même là, je me perds. Je ne sais pas du tout ce que je dois lui dire pour la rassurer. Je devrais sûrement la laisser parler. Une femme peut-être plus mature qu'un homme. Sur certains points.

Damien continue son monologue sur sa vie passionnante. Dépité, mais à la fois heureux de ne pas pouvoir être questionné sur ma vie, je chope un morceau de dinde. C'est la deuxième fois que je me ressers. J'ai faim à un tel point que je serais capable de tuer et manger

Damien s'il continue son petit jeu. Finalement, c'est une mauvaise idée : déjà, c'est du cannibalisme et c'est interdit, et ce truc sous mes yeux n'a pas l'air frais. Puis, je ne sais pas où il a traîné, je n'ai pas envie de m'attraper une merde par sa faute.

—... C'est comme ça que je me suis lancé dans le mannequinat, termine enfin Damien.

Je souffle de soulagement. J'aurais pu lui faire avaler sa langue avec sa voix de crécelle.

— Oh, c'est bien ! s'exclame ma mère.

Surtout que tu n'as pas le corps d'un mannequin, songé-je. Mais si tu rapportes de l'argent pour ma sœur... OK...

Je propose à Amber de la resservir de dinde. Poliment, elle refuse. Je propose à ma mère et à mon père, oubliant volontairement ce nigaud qu'a ma demi-sœur pour copain. Il fait la moue, puis sourit dévoilant ses dents blanches et droites.

Le plateau vers le petit garçon, j'attends sa réponse. D'un petit mouvement de tête, il refuse. Je constate qu'il a l'air d'être fatigué. J'en parle à Amber et cette dernière propose au petit de se coucher. Il n'est pas d'accord.

— J'ai pas sommeil.

Mais bien sûr !

J'esquisse un faible sourire. Il m'amuse. Ce petit est vraiment bien. Mais bizarrement, je n'arrive pas à le regarder. Prendre réellement conscience de ce que ça signifie m'effraie. Je suis un oncle. Amber est une mère.

Nous avons définitivement passé un stade.

Damien lance un nouveau sujet. Cette fois-ci, c'est sur sa passion. Les sports. Il raconte qu'une fois, en faisant du jogging, il avait sauvé la vie d'une petite fille. Cela émeut ma mère, mais pas Amber qui semble agacée par ce qu'il raconte. Elle a son coude posé sur la table, la tête sur sa paume. Elle ne semble pas sous le charme de ses belles paroles. Sa tête se tourne vers moi, alors que celles de mes parents sont complètement tournées vers Damien. Sans dire un mot, je lis sur ses lèvres qu'il faut qu'elle me parle au plus vite. Nous voulons probablement discuter de la même chose.

Le repas continue doucement et étrangement. Damien continue de parler de lui et va même jusqu'à lécher les bottes de mes parents quand ceux-ci expriment leurs opinions. Nathanaël étant trop fatigué, il est parti se coucher sur le canapé. Il ne voulait pas aller dans la chambre de sa mère. Soi-disant, car il a peur de se retrouver seul.

Nous avons fini le plat chaud. Avant d'entamer le dessert, nous devons attendre minuit. Seulement, il n'est que onze heures trente-deux. J'ai bizarrement hâte d'aller me coucher au plus vite, pour ne plus avoir à entendre cette horrible personne parler.

Damien se lève, prêt à aider ma mère à nettoyer la table. Je me lève à mon tour, bien décidé à me mettre entre cet homme et ma mère. J'ai même l'impression d'être jaloux. Jaloux qu'il ait réussi à atteindre ma demi-sœur et à tenter avec mes parents. Mais ils sont ma famille, pas la sienne. Je n'ai donc pas à m'en faire. Personne ne volera ma place. On ne m'abandonnera pas.

Car c'est ça, la peur que j'ai. Que mes parents m'abandonnent. Même Amber. Je ne veux pas finir seul. J'ai besoin d'eux plus que jamais.

Nous prenons tous les trois les plats, refusons aux deux autres de bouger, puis allons dans la cuisine. Je fais traîner les choses pour les avoir à l'œil. Ma mère est la première à quitter la cuisine. Elle n'a pas l'air de vouloir s'y attarder avec Damien.

Alors que ce dernier s'apprête à quitter la cuisine à son tour, je le retiens en l'attrapant par son bras peu musclé, comparé au mien. Non pas que me sentir plus fort que lui me rend content, juste que je trouve cela louche pour un mannequin qui fait du sport. Même moi qui vais rarement à la salle, je suis un peu plus gaulé que lui !

Il se retourne lentement vers moi, un sourire dessiné sur ses lèvres.

— Qu'est-ce qu'il se passe ? lui demandé-je, agacé.

Il ne me répond pas et se contente de sourire bêtement. J'insiste encore une fois. Cette fois-ci, sa bouche s'entrouvre pour laisser passer quelques mots plutôt agressifs.

— Va te faire foutre, me lance-t-il.

D'habitude très calme, mon énervement prend le dessus. Je l'attrape par sa chemise et le colle contre le mur. Étrangement, il a l'air beaucoup moins à l'aise. Il grimace et tente de me repousser, mais je suis beaucoup plus grand et fort. Comprenant qu'il n'a aucune chance, il essaie de se calmer.

— J'ai tout entendu tout à l'heure, dis-je sur un air sombre.

Il a un rictus et baisse la tête pour éviter mon regard noir posé sur lui.

— C'était l'idée d'Amber, souffle-t-il.

Je n'arrive pas à comprendre de quoi il parle. Je parle seulement du fait qu'il a dit que je lui avais fait quelque chose. Normalement, je devrais le couper, mais j'ai bien envie de savoir de quoi il parle. Qu'a pu obliger Amber ? Il ne continue pas de parler. Pour une fois. S'il faut que je lui tire les vers du nez, je le ferai. Je le relâche et me redresse après m'être écarté de lui.

— Qu'as-tu contre moi ? Je ne t'ai rien fait ! Et puis que t'a demandé Amber ? J'espère que tu n'essaies pas de l'accuser pour te sauver !

Il me sourit et remet sa chemise correctement. Sans même se soucier de mes questions, il se détourne et quitte la pièce. S'il veut jouer à ça, alors il va gagner ce qu'il mérite.

Je regagne la salle à manger. À ma place, je reste silencieux. Mes yeux sont posés sur mon verre vide. Je l'attrape et me mets à jouer avec. Mon index touche le haut du verre et tourne, émettant un petit bruit qui attire l'attention des quatre personnes. Leur conversation continue sur le temps. Elle dévie sur le futur. Mes parents aimeraient passer leur retraite à la plage, vers Montpellier.

Quant à Amber, elle ne sait pas. Elle n'a pas envie de parler futur. Encore moins avec son compagnon. Ce dernier, lui, aimerait se marier et avoir une famille. Je souris en l'entendant dire ça. Amber, elle, manque de s'étouffer. Elle lui lance un regard noir qui le calme directement.

Mon téléphone sonne. Je me lève, tout en m'excusant auprès de mes proches. Je le sors de ma poche et observe mon écran après être parti dehors, sur la terrasse. La lumière automatique s'est allumée. Je me cale contre le mur et lis ce que j'ai reçu. Un très joli message de mon ex-copine m'insultant d'avoir « démoli » l'appartement. Alors comme ça, elle s'est incrustée chez moi sans même me demander ?

Elle m'insulte de tous les noms, disant que je devrai tout repayer. Et mon œil aussi ? Elle se prend pour qui ? Mon sang se met à bouillir, mais je ne peux pas la laisser me pourrir la soirée. Il y a déjà l'autre abruti !

Je lui réponds que c'est son appartement. Donc si elle a un problème, elle le gérera toute seule. Je ne reçois pas de réponse. Bien sûr, je m'en fais un peu pour ce qui m'appartient. Elle va se venger. Mes affaires vont finir déchirées ou en cendres.

Tant pis, ce n'est que du matériel.

Je retourne dans la maison en souriant. Une chose magnifique s'est produite durant le repas. Je me mets derrière Amber et pose mes deux mains sur ses épaules. Elle tente de tourner sa tête vers moi pour m'observer, mais n'y parvient pas. Je me penche jusqu'à son oreille, sans lâcher Damien du regard. Bizarrement, il ne laisse rien paraître, aucune jalousie.

— Regarde dehors, lui chuchoté-je.

Je m'écarte et tente de voir sa réaction. Perturbée, elle grimace avant de faire ce que je lui ai dit. Elle marche doucement vers la porte. Quand elle l'ouvre, un cri de joie s'échappe de ses lèvres entrouvertes. Elle sautille sur elle-même, tout en se tournant vers nous. Elle tape des mains, excitée comme une enfant. Comme autrefois.

J'arrive à sa distance toujours le sourire aux lèvres. Sa main se saisit de mon avant-bras pour m'entraîner dehors. La neige tombe doucement. Il y a déjà quelques centimètres sur le sol. Bercé par cette beauté, je souris et reste figé.

Soudainement, je reçois en plein dans le visage de la neige. Je pousse un cri et me dépêche de m'essuyer comme je peux. Je râle tout en me jetant sur elle. Amber n'essaie même pas de s'enfuir. Elle rigole et reste dans ma ligne de mire. Je la pousse au sol et l'allonge, doucement. Elle continue de rire, jusqu'à ce que j'attrape de la neige. Là, son visage se ferme instinctivement. Elle comprend ce que je vais faire.

— Tu n'as même pas intérêt ! crie-t-elle.

— Rhoo..., râlé-je. Tu ne sais pas jouer.

— Et pourtant... souffle-t-elle, en souriant.

Wouah. Son ton était bas, presque envoûtant.

— Amber... murmuré-je.

Ça a jeté un froid.

Je me relève et l'aide à se mettre sur ses jambes. Nous avançons en silence jusqu'à la maison. Je peux voir du coin de l'œil qu'elle tremble de froid. Par ma faute. Je n'aurais pas dû la mettre dans la neige, alors qu'elle n'a même pas de doudoune.

Je referme la porte derrière nous. Sans rien dire, Amber monte pour se changer. J'en profite aussi pour aller me débarbouiller.

Après m'être nettoyé, je redescends. Amber est déjà assise à table et discute avec notre mère. Les regards se posent sur moi. Je ne dis rien, m'assois et me sers à boire. J'apporte le verre à mes lèvres et bois d'un trait. Le liquide coule dans ma gorge et me fait un bien fou. C'est exactement ce dont j'avais besoin. Un petit remontant !

Je n'ai pas peur de ce qu'il doit se passer chez moi. Je m'en fous complètement. Amélie peut le garder, je m'en tape. Il faut juste que je trouve ailleurs où aller. Je repense au fait que j'ai tout perdu en moins de deux jours. Ma copine, un enfant et bientôt l'endroit où je vis. Il est hors de question que je demande de l'aide à mes parents ou même à Amber. Je ne peux pas habiter à nouveau avec eux. De plus, ils pourraient croire que j'ai accepté cette soirée juste pour renouer et me faire accepter durant quelques semaines.

J'ai voulu me débrouiller seul il y a environ six ans, maintenant, je dois en payer les conséquences. Et seul.

Chapitre 10

Six ans auparavant

Je quitte Amélie après lui avoir donné son cadeau. Elle ne voulait pas attendre le lycée pour que je le lui offre. J'ai donc dû venir chez elle à onze heures du soir juste pour ce qu'elle voulait. Je l'embrasse rapidement, puisqu'elle n'aime pas y passer trois heures et quart.

Je descends les escaliers rapidement, pour regagner ma belle moto qui m'attend sagement dehors. Je monte dessus et la démarre. J'ai vraiment hâte de rentrer à la maison et de me coucher. Oh, non, avant cela, je vais me prendre un bon bain chaud histoire de me détendre. Entre Holly et Amélie, ma tête commence à tourner. J'aime profondément Amélie, mais je n'ai pas envie qu'Holly foute tout en l'air. Malgré le fait qu'elle ne veut qu'être mon amie, j'ai quand même des doutes. Pourquoi m'a-t-elle embrassé ? Pourquoi a-t elle tenté de me caresser ?

Je suis sûr que je me fais un sang d'encre pour rien. Holly me l'a très clairement dit, c'était pour passer à autre chose.

M'enfin, elle aurait pu faire autrement. Style, me dire qu'elle m'aime et partir en courant.

J'ai tenté d'éviter Holly toute la semaine et je n'ai pas pu voir Amélie, car elle était malade. Je n'ai fait que traîner avec mes potes. J'ai bien essayé de raisonner Peter, mais ce dernier reste sur son objectif. Il veut sortir avec Amber. Il a intérêt à faire attention à lui, s'il ne veut pas se retrouver à l'hôpital. Je le connais bien. Il veut juste coucher avec elle.

Une fois qu'il aura eu ce qu'il désire, il la jettera comme une merde. Je ne veux pas récupérer ma petite demi-sœur en morceaux. De toute façon, elle ne tombera jamais sous son charme. En plus, elle sort déjà avec l'autre imbécile.

Je gare ma moto noire dans le garage, en faisant attention à ne pas trop faire de bruit. Il est déjà assez tard et ma famille doit probablement dormir à cette heure-là.

Sans perdre de temps, je m'engouffre dans la salle de bain et change d'idée. Je vais uniquement prendre une douche rapide. Je suis trop fatigué pour attendre. Je me nettoie assez vite. Beaucoup plus vite que le matin, quand je veux mettre Amber en retard juste pour l'emmener sur ma moto.

Après environ trente minutes, je sors en pyjama et longe le couloir. Je me stoppe devant la porte d'Amber. Tous les soirs, je lui souhaite une bonne nuit. Je suppose qu'elle dort déjà à une heure du matin. Après avoir tendu l'oreille, je suis sûr qu'elle dort. Il me semble ne rien avoir entendu. De toute façon, que pourrait-elle faire à cette heure-là ?

J'ouvre la porte doucement. Tous mes sens sont en alerte. J'observe la pièce. Sa lampe de chevet est allumée. Elle ne dort donc pas ou alors elle l'a oublié. Alors que je vais pour vérifier, je vois clairement qu'elle bouge. Je me crispe et me stoppe net. J'espère qu'elle ne m'a pas vu... Il me semble que non, puisque maintenant que mes yeux se sont habitués à l'obscurité, j'arrive à la voir. Grâce à la faible lumière de la lampe, je sais où elle est.

Amber est allongée sous sa couverture. Seule sa tête est en dehors. Ses yeux sont fermés et sa bouche entrouverte. Merde. Elle n'est peut-être pas seule...

Je plisse les yeux, comme pour essayer de mieux y voir, mais tout le monde le sait, je n'ai pas une vision infrarouge.

Je distingue que peu de chose dans cette nuit. Par contre, j'entends très bien. Comme si mes oreilles s'étaient amplifiées. Le silence est presque devenu trop bruyant. Quelque chose me fait sursauter. Un gémissement étouffé. Mon cœur cogne comme jamais. Je pense comprendre ce qu'il se passe sous mes yeux. Pourtant, je n'arrive pas à détourner le regard. Comme si j'étais attiré, obnubilé par elle. Son visage se renverse en arrière et tombe sûrement sur l'oreiller.

Je devrais partir, la laisser seule, mais je suis figé, les yeux posés sur elle. Ce que je ressens et tente d'enfouir au plus profond de moi est sur le point de me trahir. Mes pensées commencent à changer. Je m'imagine oser m'approcher d'elle et prendre possession de ses lèvres, avant de la faire mienne.

Je secoue la tête pour chasser ces idées incongrues. Amber est comme ma sœur. Je ne peux pas avoir envie d'elle de cette façon. Même si elle n'a pas le même sang que moi. Même si ma belle-mère l'a adopté, elle fait partie de ma famille. Amber est ma demi-sœur. Que je le veuille ou non. Je ne dois plus l'oublier.

Je referme la porte en faisant très attention. Une fois cela fait, je me tourne et vais à ma chambre. Je reste calé contre la porte quelques secondes pour oublier ce que j'ai vu. Du moins, ce que j'ai imaginé. Vu comme j'ai chaud, je devrais aller me prendre une douche froide.

Je roule des yeux. Je dois dormir, demain est une longue journée. Dans mon lit, je monte la couverture, prêt à m'endormir. Mes yeux lourds se ferment, puis s'ouvrent brutalement quand j'entends un grincement. Une porte semble se fermer. En moins de quelques secondes, une masse se met sur mon lit. Bon sang, c'est sûrement Amber.

Mais il n'y a pas que ça, une forte odeur d'alcool me monte au nez. Merde, elle a dû boire... Non, c'est impossible. Amber ne boit pas d'alcool, même pas de cidre.

Je me penche sur mon flanc gauche et me dépêche d'allumer ma lumière. Quand je me retourne, je retiens un cri d'horreur. Amber est là, allongée sur mon lit. Par chance, elle est en pyjama rose bonbon. Même si la couleur est horrible, je suis bien content de la trouver comme ça.

— Amber ! fais-je, le plus doucement possible.

— Je sais que tu m'as vue, mon cœur, murmure-t-elle, sensuellement. J'ai vu que je te fais de l'effet.

Elle est complètement folle, en plus d'être complètement bourrée.

— Tu es bourrée ?

Elle ne me répond pas d'abord et se colle contre moi. Sa tête se plaque sur mon torse. Je la repousse du mieux que je peux. Amber se glisse sous la couverture. Sa chaleur me réchauffe. Elle se met sur moi, sa jambe droite se positionne entre les miennes. Comment puis-je la repousser sans l'énerver ? Tout le monde sait qu'une fille énervée, c'est déjà chiant, mais alors bourrée et énervée, c'est probablement pire.

— J'ai passé la soirée avec... ce connard, m'avoue-t-elle, avec une voix basse.

— Pourquoi tu l'insultes, ma puce ?

Je tente de l'éloigner de moi, mais elle colle son petit corps contre le mien. Je resserre mes bras autour d'elle. Elle souffle de contentement avant de continuer sur un ton assez triste.

— On... est allé tous les deux dans un endroit isolé... Il voulait le faire, alors que je ne voulais pas, puis... on a bu... encore et encore. Et il m'a laissé en disant qu'il devait régler une affaire et qu'on se verrait demain...

J'ai peur de la comprendre. De comprendre qu'il n'a fait que l'utiliser. Je commence à m'énerver, à oublier mon membre dur, mes envies. J'ai juste envie de retrouver ce salaud et de le frapper. Il a même réussi à faire boire Amber, alors qu'elle n'a jamais goûté à l'alcool !

Amber s'écarte, mais reste au-dessus de moi. Elle tente de remonter pour être au même niveau que ma tête. Je glisse mes mains jusqu'à sa taille. Elle se met à sourire, tandis que j'essaie de la repousser. Ses petites mains sont plaquées sur le matelas, ce qui l'aide à rester au-dessus de moi. C'est alors qu'elle se penche. Ma respiration s'accélère jusqu'à ce que je la coupe, quand son visage n'est plus qu'à quelques centimètres du mien. Ma tête me crie de l'arrêter, que c'est une mauvaise idée, mais mon corps n'écoute pas ma conscience. Je la laisse poser ses lèvres contre les miennes. J'attire son petit corps contre le mien et le serre.

Elle se met à califourchon sur moi. Son entrejambe frotte contre le mien. Je pousse un grognement. Il est clair que maintenant, je ne peux plus faire marche arrière. Nous avons dépassé la limite. Et bizarrement, j'aime ça. J'aime jouer avec le feu, braver des fausses lois. Que nos corps brisent nos barrières, pour se satisfaire. L'inexistante distance entre corps réveille un flot de sentiments.

Mais Amber est bourrée. L'alcool doit y être pour quelque chose. Tout ce que je suis en train de faire, c'est de profiter d'elle.

Sa main droite se déplace jusqu'à mon entrejambe et je mets un terme à nos baisers devenus fous. Je l'écarte doucement. Ses yeux naturellement rieurs sont maintenant noirs. Elle n'aime pas que je la repousse.

Tant pis pour elle. Je ne vais pas aller plus loin. Déjà que la laisser m'embrasser est trop.

— Tu devrais aller te coucher, lui dis-je.

Elle fait la moue quelques secondes et se penche à nouveau sur moi. Je l'arrête directement et, cette fois-ci, la repousse jusqu'à l'éloigner de moi.

— Va te coucher, ordonné-je, sur un ton strict.

Elle secoue la tête négativement, avant de se rapprocher de moi. Sans perdre de temps, sa main se plaque contre mon sexe et commence à le caresser à travers mon pantalon. Je reste surpris quelques secondes. Elle n'a pas idée de ce qu'elle vient de faire.

— Dégage ! hurlé-je, en la repoussant brutalement.

Un peu trop brutalement d'ailleurs.

Elle tombe de mon lit avec la couverture marron. Je me rends compte de mon acte et me maudis. Je m'approche d'elle, toujours sur mon lit, et l'observe quelques secondes. Amber est sous le choc. Elle tient les deux bouts de la couverture dans ses mains. Ses jambes se plient et elle enfouit sa tête entre ses bras. Je sors et me mets à son niveau. J'ai été trop dur avec elle, mais je n'avais pas le choix. Elle n'aurait pas compris, autrement.

Je ne suis pas quelqu'un de très doux en temps normal. Je fais des efforts pour Amber et Amélie. Je ne pourrais pas être aussi méchant avec elles sans avoir de la culpabilité. Ce que j'éprouve en ce moment.

J'attrape la couverture pour la poser correctement sur Amber. Je la prends dans mes bras et plonge ma tête sur son épaule. Elle renifle plusieurs fois entre des sanglots.

— Amber... soufflé-je attristé.

Elle m'écarte d'elle et plonge son regard dans le mien. Des larmes coulent sur ses joues rosées. J'en stoppe quelques-unes avec mon pouce.

— Je... Désolée, bafouille-t-elle avant de se lever.

Je me mets sur mes jambes. Amber me rend la couverture. Je la remets correctement sur mon lit. Quand je me tourne pour examiner la porte, je remarque qu'Amber n'est toujours pas partie. Elle me fixe, les yeux plissés.

— Ta copine m'a fait exclure du lycée, me lance-t-elle, sur un ton sec.

Je hausse un sourcil, étonné par ce qu'elle me dit. Amélie n'aurait jamais fait ça, elle n'était même pas en cours.

— S'il te plaît... soufflé-je.

— Si tu ne me crois pas, demande au proviseur. Elle m'a fait virer de cours pendant une semaine. Elle a dit des choses fausses. Il faut que tu te réveilles, Gabriel.

— Dis-moi tout, Amber. Que t'a fait ma copine ?

Je ne sais pas si je dois la croire. C'est vrai qu'avec ce que m'a dit Holly la semaine d'avant, j'ai de quoi douter. Mais j'aime Amélie, je ne vais pas la quitter, car elle embête Amber. Et puis, ma demi-sœur est bourrée. Elle pourrait très bien inventer cette histoire.

— Cette salope a dit au proviseur que je l'avais rendue malade après lui avoir donné des gâteaux ! Tu sais bien que jamais je n'aurais apporté quelque chose à cette pute !

— Amber ! grogné-je. Arrête de l'insulter.

— Et toi, tu ne dis rien ? Tu la laisses faire ? Tu es dans son camp ? Elle... elle... a dit que j'avais foutu le feu à son casier ! Tu t'en rends compte ?

— Mais... c'est impossible. Elle n'était pas en cours aujourd'hui, elle n'a pas pu le savoir !

Amber roule des yeux. Visiblement, elle me prend pour un con.

— C'est Jane qui lui a dit ! Jane a même dit que c'était moi et qu'elle m'avait vu à la pause de quatre heures !

Le ton commence à monter. Là, je dois bien reconnaître qu'il y a un problème. Amber ne m'a pas quitté durant les deux pauses. Elle était avec moi et mes potes. Holly est restée dans son coin. Sûrement encore mal suite à ce qu'il s'est passé le samedi d'avant.

Ma demi-sœur met ses mains sur ses hanches. Elle a encore les yeux rouges d'avoir pleuré. Je n'arrive pas à croire que c'est de ma faute. Il faut que je pense à être encore plus doux avec elle. Elle n'a pas eu une enfance facile. Je n'aimerais pas qu'elle se fasse du mal par ma faute.

— Ok, fais-je. Là, je dois bien avouer que c'est faux... J'en parlerai avec le proviseur lundi. Pour l'incendie et les gâteaux... Pour l'instant, tu devrais aller te coucher.

Sa main vient se poser à son front. Elle ferme les yeux avant de laisser retomber son bras le long de son corps.

— Je ne suis pas bourrée, t'inquiète... J'ai juste un peu bu...

Est-ce normal que je ne la crois pas ? Oui.

— Ouais... de toute façon c'est l'heure de se coucher.

— Je veux dormir avec toi.

Je refuse de la tête. Il ne manquerait plus que ça. Avoir cette jeune fille dans mon lit. Non, c'est une très mauvaise idée. De plus, quand nos parents passeront vérifier si on dort, je ne pense pas qu'ils vont accepter ça.

— Impossible...

— S'il te plaît... j'ai peur.

— De quoi as-tu peur ?

— Je ne veux pas rester seule...

— Amber, soufflé-je.

— C'est bon, j'ai compris !

Elle tourne les talons d'un geste peu maîtrisé et sort de ma chambre en soufflant. Mes yeux clignent rapidement pour évacuer la tension et l'envie que j'ai.

Chapitre 11

Maintenant

Assis, je regarde mes parents danser ensemble. Ils se sourient comme s'ils s'aimaient encore. Je suis partagé entre le dégoût et l'admiration. Je sais très bien que je n'arriverais pas avoir une relation similaire à la leur.

Mon père, Luc, s'est marié tout d'abord avec ma mère biologique, Teri. Quand l'accident est arrivé, il ne s'en est pas remis, moi non plus. J'ai alors essayé d'être le fils modèle. Stupidement, j'avais peur qu'il décide de m'abandonner comme dans une de ces séries américaines. Quelques années après, il m'a annoncé qu'il sortait avec Jade. Il l'avait rencontrée chez un ami.

Jade ne pensait pas qu'elle rencontrerait un homme et irait avec lui. Pour elle, elle finirait sa vie seule. C'est pour cela qu'elle avait adopté Amber.

Les parents d'Amber sont morts quand elle était bébé. Elle a été emmenée à l'orphelinat, avant qu'un couple ne l'adopte. Celui-là même où l'homme la battait par sadisme. Puis, abandonnée, Jade l'a adoptée. Elles étaient faites pour se trouver, leur relation est sublime.

Je ne suis pas stupide, Amber ne m'a parlé que des coups qu'elle recevait. Or, une fois elle s'est trahie en disant qu'elle n'avait pas eu le bonheur de donner sa virginité à son petit-ami. Ok, j'ai entendu ça d'une conversation avec Holly. J'ai donc fait des tas de suppositions, pour m'arrêter sur le viol. J'espère toujours que je me trompe.

Depuis environ vingt ans, Jade et Luc sont ensemble. Je n'arrive pas à comprendre comment ils ont fait pour ne pas divorcer. Quand je revois ma relation avec Amélie, je me dis que j'ai été stupide. J'ai cru que je vivrais avec elle jusqu'à mon dernier souffle. Ils ont une force que je n'avais pas avec mon ex.

Damien attrape Amber et la colle contre lui. Elle pose sa tête sur son épaule et ferme les yeux. Ils se mettent à tourner doucement. Les mains de l'homme commencent à descendre de son dos jusqu'au creux de ses reins. Amber l'arrête rapidement.

Quand la musique se termine, je suis toujours seul et assis dans mon coin à les regarder s'amuser. Je plaque ma tête contre la paume de ma main et ferme les yeux. Quelque chose de froid se pose sur mon front. Quand je rouvre les yeux, je remarque que c'est Amber qui m'examine. Elle me fait un léger sourire, avant d'attraper mes mains et me tirer vers le centre de la pièce.

— Danse avec moi, exige-t-elle.

Je refuse en secouant la tête. Elle ne me laisse pas le choix et utilise toutes ses forces pour obtenir ce qu'elle désire. Du coin de l'œil, je vois Damien s'asseoir sur une chaise. Mes lèvres s'étirent et j'accepte de danser.

La musique commence. Amber pose ses mains sur mes épaules et nous commençons à tourner sur nous-mêmes. Ce rapprochement me met du baume au cœur. J'aime me sentir proche d'elle.

J'aimerais tellement me rattraper pour mon absence ces dernières années.

Mes mains glissent le long de son corps pour se poser sur sa taille. Sa tête frôle ma mâchoire. Je la serre contre moi et la prenant dans mes bras. Nous nous arrêtons de danser pour nous faire un câlin. Nous nous serrons le plus fort possible comme si nous venions de nous retrouver. C'est si bon de la sentir ainsi. J'ai conscience que je dois passer pour quelqu'un de vulnérable, mais après ce qu'il s'est passé ces derniers jours j'ai peut-être besoin d'être entouré.

La musique s'arrête. Amber se sépare de moi la tête baissée et se dépêche de s'asseoir à côté de son petit copain. Je les regarde. Lui a la mâchoire serrée et m'observe, tandis qu'elle a ses yeux posés sur son chéri.

Je regagne ma place à table. Pendant que nous dansions, ma mère a apporté la bûche. Les parts sont déjà coupées et mises dans les cinq assiettes. Chacun en a une, sauf Nathanaël qui dort toujours profondément.

Alors qu'il y a un silence troublant, Damien racle sa gorge bruyamment. Tous les regards sont alors posés sur lui. Je souffle un bon coup. J'avais peur qu'on nous fasse une réflexion sur ce qu'il s'est passé.

— Vous savez que j'ai gagné plusieurs tournois de boxe ? nous demande Damien.

Je me retiens de rire bêtement. Vu sa petite corpulence de crevette, je doute de ça. Ou alors il s'est battu avec des nains. Pardon, avec des personnes de petite taille et des personnes physiquement diminuées. Ne jamais oublier le politiquement correct.

— Oh, non ! s'exclame ma mère, en souriant. Nous ne le savions pas !

— Oh... j'ai gagné dix fois. Ils étaient tous baraqués et pourtant je les ai mis à terre.

Je roule des yeux. Le mensonge est quand même gros là. N'a-t-il pas honte ? Je porte mon attention sur la part de bûche qui est sous mes yeux. Poire chocolat, exactement ce dont je raffole.

Damien continue de parler, encore et encore. N'y a-t-il pas un moyen pour qu'il la ferme un peu ? Je pourrais très bien m'excuser pour aller aux toilettes. Je me lèverais tout naturellement et disparaîtrais dans les escaliers. Quelques minutes après, je reviendrais muni d'un *taser*. Je passerais derrière cet imbécile et lui donnerais une puissante décharge. Je gagnerais ma place, puis m'inquiéterais, faussement, de son état.

Bon, sérieusement, c'est impossible. Je vais me faire cramer directement.

— Vous savez, continue Damien. Je vous aime bien. Vous ressemblez à mes parents... Ils sont morts quand j'étais petit. Je sais que les parents d'Amber aussi... enfin ses parents biologiques. C'est triste...

Amber est toute raide. Elle fixe son copain comme s'il disait des bêtises. Ce dernier ne la regarde pas. Il a comme un faux air triste sur le visage. Je peux presque sentir qu'il ment pour attendrir ma famille, mais ça ne marche pas du tout avec moi. J'ai perdu deux personnes chères, je sais que ce n'est pas bien d'en parler trop, de se faire plaindre.

Je finis rapidement ma part de bûche. J'observe Amber manger en silence. Le seul qui parle est Damien. Lui couper la langue serait une bonne idée ? Non... un peu trop violent pour lui.

Je me lève et débarrasse mon assiette. Je la dépose sur la table de la cuisine remplie de tous les objets sales que nous avons utilisés au cours du repas. Amber entre à son tour seule. Elle fait pareil que moi, puis se détourne pour quitter la pièce. Je l'attrape par le bras et l'entraîne discrètement jusqu'à la terrasse. Elle ne tente rien pour m'échapper et me suit sans rien dire.

Nous nous glissons à travers la porte-fenêtre en silence. Dehors, il neige toujours. La lumière s'allume automatiquement et nous laisse apercevoir la couche blanche qui couvre le sol du jardin. Il fait un poil froid, mais nous n'en avons pas pour longtemps.

J'ai besoin de lui parler, de comprendre ce qu'elle et son copain me cachent. Elle a eu une idée qu'elle aurait soumise à Damien et je veux savoir ce dont il s'agit. Avant, nous nous disions pratiquement tout. J'ai étrangement envie que tout redevienne comme dans le passé. Savoir qu'il est en train de nous séparer m'horripile. Certes, je l'ai aussi éloigné pour ma copine... mais jamais je ne l'ai oubliée.

— Je suis au courant, fais-je. Damien m'a dit que c'était ton idée.

Je joue gros en mentant. Je ne sais pas du tout de quoi il parlait, mais c'est la seule chose que je peux faire pour en apprendre un peu plus.

Ses yeux s'écarquillent et elle baisse sa tête. Elle tremble de froid, mais je ne vais pas me faire avoir. La dernière fois qu'elle m'a menti avec un garçon, c'était pour son premier copain, Charly. Ils devaient aller à la sortie scolaire qu'organisait le lycée. Sauf que pour se faire excuser de ce qui s'était passé quelques soirs avant quand il l'avait laissée seule, ils ont profité pour ne pas y aller et rester ensemble dans un hôtel. Elle a fini par me dire qu'ils sont restés les trois jours enfermés, qu'il ne voulait pas qu'elle me prévienne. Elle a eu peur, je l'ai directement su en la voyant. Il s'est servi d'elle une fois et l'a droguée et ça ne lui a pas suffi. Elle était tellement amoureuse de lui qu'elle l'a cru quand il est venu s'excuser de son attitude.

Quand nous en avons parlé, elle a compris qu'elle se faisait rouler dans la farine. Tout ce qui importait à ce petit con était de baiser avec elle. Il a eu ce qu'il voulait et même plus. Il a profité d'elle et il l'a regretté.

Vraiment.

— Je n'avais pas le choix, murmure-t-elle, comme pour elle-même. C'était le seul moyen.

Son fin visage se relève vers moi. Ses yeux bleus sont humides et se plongent dans les miens. Je ne sais pas quoi dire. De toute façon, elle ne me laisse pas le temps, car elle se blottit contre moi. Je me fige quelques secondes avant de la serrer fort contre moi. Sa poitrine cogne contre mon torse. Ma tête se colle contre le haut de son crâne.

Son Damien ne pourra jamais nous enlever ça. Malgré notre distance, nous avons quand même conservé un minimum de notre relation d'avant. Pas tout, heureusement. Certaines choses, même si elles étaient très bien et parfaites à mes yeux, étaient des erreurs que nous n'aurions pas dû faire. Nous avons franchi la maudite ligne à plusieurs reprises, mais nous avons su nous éloigner d'elle pour de bon. C'est mieux ainsi. Cela aurait fait trop d'ennuis.

— Dis-moi tout, Amber.

Elle se recule subitement de moi. Ses sourcils sont froncés, comme si elle ne comprenait pas quelque chose. J'ai commis une erreur, je le sais très bien. J'aurais dû la fermer.

— Je... heu... je ne peux pas. Tu ne comprendrais pas, Gabriel.

— Bien sûr que si. Nous nous sommes toujours compris.

— Pas sur tout, crache-t-elle, en faisant un pas en arrière.

Elle est en train de mettre de la distance entre nous deux. Pourquoi ? Car elle pense que je ne la comprendrais pas ? Elle se trompe bêtement.

— Qu'est-ce qu'il y a ? C'est ce qui s'est passé autrefois qui t'embête ? C'est trop dur de me voir ?

Amber secoue négativement la tête.

— Heu... non... je...

Ses yeux se posent sur quelque chose derrière moi. Elle hausse des épaules et, sans rien dire, me contourne. Je la suis du regard. Elle entre dans la maison pour rejoindre Damien. Il pose son bras sur ses épaules et me lance un regard noir.

Si ce ne sont pas les souvenirs du passé qui la hantent, alors il y a quelque chose d'autre. Je ne laisserai pas tomber. Amber est ma petite demi-sœur.

J'aimerais croire que je me fais des idées, mais au fond je sens que je touche quelque chose du bout des doigts. Quelque chose d'énorme qui, quand il sera découvert, va nous éclater à la tronche et on n'y pourra rien.

Je m'adosse au mur de la maison. La lumière finit par s'éteindre. Je me retrouve seul, dehors, tentant de mettre mes idées au clair. Pourquoi Damien est-il méchant avec moi ? Je ne le connais pas du tout.

La seule chose qu'on pourrait me reprocher est ce que j'ai fait à Charly pour venger Amber. Personne n'est au courant, sauf elle. Il n'y a qu'elle qui pourrait me balancer, qu'elle, qui a su garder le secret.

Je râle à voix basse. Tout ce dont j'ai envie est d'aller me coucher pour être à demain matin et pouvoir poser des questions en privé à Amber. Je pourrais lui proposer un tour de moto. D'ailleurs, j'ai complètement oublié ma moto ! Elle m'attend depuis ces dernières années dans le garage de mes parents.

Amélie n'a pas voulu que je l'emmène dans notre futur chez nous. J'ai donc dû m'en séparer. Ça m'a fait mal. C'était un cadeau d'Amber pour mes seize ans. Elle avait mis l'argent qu'elle touchait de nos parents de côté pour me l'offrir. C'est le plus beau cadeau qu'elle a pu me faire, après celui d'être entrée dans ma vie.

Amber a toujours su trouver les choses que j'aimais le plus. Elle m'a toujours écouté, aidé, aimé. Elle n'a pas remplacé ce que j'ai perdu. Elle est devenue plus que ça. Mon petit ange à moi. Enfin, un petit ange avec un sacré tempérament de feu. Capable de se battre avec plus fort qu'elle.

Chapitre 12

Nous parlons de tout et de rien. Ma mère me raconte ce qu'il s'est passé durant mon absence. Elle me dit que c'est mon père qui l'a forcé à m'appeler pour m'inviter. Il n'en pouvait plus de mon éloignement.

Je m'enfonce contre le dossier de ma chaise. Je reste silencieux tandis que mes parents parlent. Du coin de l'œil, je vois Damien sortir discrètement son téléphone. Personne ne s'en aperçoit, sauf moi. Amber est rivée sur ses doigts telle une enfant qu'on a sermonnée.

Pourquoi est-elle comme ça ? On pourrait croire qu'il y a vraiment un problème.

Damien se met à sourire, avant de poser son téléphone sur la table. Il se lève et s'excuse d'aller aux toilettes. Je ne le lâche pas des yeux jusqu'à ce qu'il disparaisse dans l'escalier. Un silence alors perturbant prend place. Ma mère se lève, prend les quelques verres et se dirige dans la cuisine. Étrangement, mon père fait de même pour l'aider, lui qui a l'habitude de mettre les pieds sous la table et de partir avant de nettoyer.

Il ne reste plus qu'Amber et moi. Mais pas pour longtemps. Sans m'adresser un regard, elle attrape son verre, boit un coup, puis se redresse. Ses yeux glissent sur moi. Je me lance pour lui parler, mais elle sort de table et marche vers la cuisine.

Dans ma tête, tout se bouscule. Je sais pertinemment que je ne devrais pas et pourtant je vais le faire. Je me lève doucement et me saisis du téléphone. Je le déverrouille sans difficulté. Il n'y a pas de demande de code. Ce que cet homme est stupide ! Il a reçu un nouveau message. Le nom est Kathy. Je clique dessus, car il s'agit d'une image.

Mon cœur se stoppe quelques secondes. C'est quoi ce bordel ?

Le message de la fille ne se fait pas attendre.

Kathy : *J'ai hâte que tu me goûtes à nouveau bébé.*

Kathy : *Oh... je suis trempée... va falloir avaler tout ça.*

Je suis sur le cul. La fille lui a envoyé une photo d'elle en culotte. Une seconde image arrive, il s'agit de sa culotte sur ce qui ressemble à un drap de lit.

Ce fumier de Damien trompe ma sœur ! Je vais lui faire la peau !

Hors de moi, je balance le téléphone sur la table. Je le cherche des yeux, mais il n'est pas encore descendu. Je m'arrête net sur mes parents et Amber qui sortent de la cuisine en parlant. Je me décale de la place de Damien et fais croire que je ramasse son verre.

Une idée surgit dans ma tête. Je vais lui faire avouer devant tout le monde. Mon père se chargera donc de lui pour mon plus grand bonheur. Je ne vais pas rester sans rien dire.

— Laisse son verre, me dit Amber. Il pourrait avoir encore soif.

J'acquiesce et relâche difficilement le verre vide. Le loup ne se fait pas désirer. Il arrive tout souriant. Je regagne ma place en tentant de contrôler au mieux mes pulsions. Je ne peux pas lui donner un coup de poing comme ça. Même s'il le mérite, j'ai envie de jouer. Le faire parler est ce que je peux faire de mieux. Vu comment il parle beaucoup, il risque de se vendre lui-même. Je ne serai donc pas obligé d'avouer que j'ai fouillé son téléphone portable.

Techniquement, c'est bientôt minuit. Si rien n'a changé, ma mère va mettre le petit Jésus dans la crèche, puis nous irons nous coucher. Il nous reste encore plusieurs longues minutes qui me seront précieuses. Nous nous réinstallons à notre place. Damien observe son téléphone. Il est allumé. Je n'ai pas pensé une seconde à l'éteindre et le remettre à sa place. Il écarquille les sourcils, avant de les froncer. Il jette un coup d'œil à ma famille, avant de s'arrêter sur moi. J'arque un sourcil en souriant. Là, il sait d'office que je suis au courant qu'il trompe Amber. Il ne peut pas se défiler et encore moins mentir. Je vais le traquer, le menacer jusqu'à ce qu'il avoue et qu'il se barre. Tant pis si ça fait de la peine à ma petite demi-sœur, elle ne mérite pas un connard comme ça.

Un sourire moqueur est accroché à ses lèvres. Il se penche sur Amber et passe son bras autour de ses épaules, après avoir rapproché sa chaise de la sienne. Il est sérieusement en train de me narguer ? Mais je vais lui balancer un truc à la gueule, à ce con !

Ma petite voix intérieure me dit de me calmer. Je souffle, serre mes poings et détourne le regard sur Amber.

— Alors comme ça tu es mannequin ? l'interrogé-je. Tu dois avoir pas mal de filles à tes pieds ?

Sa mâchoire se crispe. Même Amber pose un regard noir sur moi. Elle me ferait presque flipper là...

— Oui, mais non, pas autant que ça.

— Et avant Amber... tu en profitais un peu ? En couple ou pas en couple hein... Il y a bien des filles d'un soir que...

Je n'ai pas le temps de terminer qu'Amber est déjà debout et m'appelle par mon prénom. Elle me fait signe de la suivre dans la cuisine. Elle est autoritaire, trop d'ailleurs. On dirait une cheffe de guerre qui parle à un simple soldat.

Je la suis en sentant des regards posés sur moi. À peine dans la cuisine, Amber m'attrape dans le bras et me pousse le plus loin.

— Mais à quoi joues-tu ?

J'ouvre la bouche, surpris qu'elle me parle aussi froidement.

— Tu devrais faire attention, il te trompe...

Elle roule des yeux, comme si elle ne me croyait pas. Sa tête se secoue de droite à gauche.

— Bon sang, souffle-t-elle. Arrête tes bêtises !

— Je t'assure, j'ai vu ses messages ! Il converse avec une femme appelée Kathy et...

— En fait, tu n'as rien compris ? Tu n'es au courant de rien ?

— Je... heu... ouais...

Le jeu n'aura pas tenu longtemps. Je ne ferais pas agent secret !

— Bordel ! s'énerve-t-elle, en se reculant. Occupe-toi de tes affaires !

— Que me caches-tu ? insisté-je. Tu sais bien que je vais finir par le découvrir ! Si tu ne veux pas que je parle des photos que ton copain reçoit à notre père, tu as int...

— C'est bon ! Tu as gagné !

Nous parlons depuis le début à voix basse. Je la sens agacée par mon intrusion dans sa relation avec Damien. En même temps, elle aurait fait la même chose si elle avait été au courant qu'Amélie me trompait. D'ailleurs, elle l'a fait une fois. Et je ne l'ai pas cru !

— Tu aurais dû être enquêteur... râle-t-elle. Bon... je ne suis pas avec Damien. Il se fait passer pour mon petit ami.

Mes yeux s'écarquillent. Ils ne sont pas ensemble ? Mais pourquoi est-il là ? C'est quoi ce bordel ? Je tente de trouver une réponse à toutes les questions qui se cognent dans ma tête, mais je n'en ai pas. Tout ça est très étrange.

— Comment ça ? arrivé-je à articuler.

— C'est moi qui lui ai demandé de jouer ce rôle le temps de Noël. Il est en couple avec Kathy. Je le paye pour se faire passer pour mon copain.

— Oh... mais pourquoi ?

— Je... heu... je ne peux pas t'en parler !

Je plisse mes yeux. Je n'aime pas savoir qu'elle me cache quelque chose. Pire, cette chose a emmené Damien chez nous lors de Noël.

Je suis étonné. Il est en couple avec quelqu'un d'autre et se fait payer pour rester avec elle. Depuis combien de temps jouent-ils ce jeu ? Et puis, pourquoi ? Elle me laisse trop dans le doute. Je dois savoir. Maintenant, elle n'a plus le choix. Amber va tout me dire, de gré ou de force.

— Amber !

— Mais quoi ? Je n'ai pas envie...

— Ok, alors je vais en parler aux...

Tout en lui faisant du chantage, je me dirige vers le salon. Elle me stoppe en cours de route par le bras.

— Arrête ! ordonne-t-elle.

— Alors ? Insisté-je.

— Je... je ne voulais pas me retrouver seule avec toi...

Sur ses mots, elle se détourne de moi et sort rapidement de la cuisine. Je ne sais pas ce qui me choque le plus. Que ma demi-sœur paye un gars pour qu'il se fasse passer pour son copain ou qu'elle l'ait payé pour ne pas être seule avec moi ? Il y a-t-il un rapport avec nos erreurs passées ?

Au fond, je suis sûr que oui et ça me fait peur. Nous n'en avons pas vraiment parlé.

Cela veut dire qu'elle est célibataire ? Qu'elle n'a pas trouvé un homme ? Pourtant ma sœur est magnifique ! Les éloigne-t-elle volontairement ?

Je sors de la cuisine la tête haute, mais remplie de questions. Ma mère est toute souriante, contrairement aux trois autres membres présents dans la pièce. Je lui souris faussement. Il n'est pas question qu'elle soit au courant de ce qui se trame dans son dos. Encore une chance qu'elle ne s'est jamais rendu compte de rien.

— C'est minuit ! s'écrie-t-elle, en se jetant sur mon père.

Elle l'embrasse sur la bouche. Amber dépose un baiser rapide sur la joue de Damien, gênée. Oui, maintenant je suis au courant qu'ils ne sortent pas ensemble. Ça doit être dur de faire semblant.

Donc je serais la cause... Pourquoi ? Qu'ai-je fait qui lui a donné envie de ne pas être avec moi ?

J'embrasse mes parents, puis ma demi-sœur en oubliant délibérément Damien. Ma mère court jusqu'à la crèche pour mettre le petit Jésus. Nous avons l'habitude de nous embrasser même pour Noël. Pour nous, ça symbolise un réveillon parfait. Peu importe si nous nous sommes embrouillés avant ou le jour même, à ce moment-là, nous oublions. Noël est à la fois tragique et incroyable. Finalement, avoir détesté Noël si longtemps était une très mauvaise chose.

Ma mère biologique et Laure. Quand elles sont mortes, je ne voulais plus fêter Noël de ma vie. Je faisais la tête et restais enfermé dans ma chambre toute la journée. Je n'ai jamais ouvert mes cadeaux les vingt-cinq décembre. C'était pour moi un jour maudit. Le vingt-quatre décembre mille neuf cent quatre-vingt-dix-sept, jour où ma mère et ma sœur m'ont été enlevées, alors qu'elles étaient parties pour acheter une bûche. Ma mère avait vingt-neuf ans et ma petite sœur moins d'un an. J'avais à peine deux ans.

Je n'avais pas compris ce qu'il se passait. Mais au fil du temps, j'ai fini par me rendre compte que je ne reverrai plus jamais ma mère ni ma sœur. Cela a été un moment psychologiquement douloureux.

Amber a été adoptée en deux mille cinq par Jade, puis elles nous ont rejoints en deux mille dix. Je n'ai jamais oublié ma mère et ma sœur, je ne les ai pas remplacées. Je suis juste très content d'avoir Jade et Amber. Sans elles, rien n'aurait été pareil. Je n'aurais pas été l'homme que je suis, que j'essaie d'être.

Je ne suis pas parfait, j'ai commis de nombreuses erreurs. J'aimerais bien effacer certaines, mais jamais je ne regretterai d'avoir vengé Amber. Charly l'avait mérité. Même si je me sens responsable de ce qu'il s'est passé après, je referais exactement la même chose.

Il m'a supplié d'arrêter, il m'a juré qu'il ne la toucherait plus. Et effectivement, il ne l'a plus jamais touchée. Je ne laisserai personne lui faire du mal, elle ou mes parents. Ils sont ce que j'ai de plus cher. Une fois que l'on comprend qu'on peut perdre très vite ceux qu'on aime, on s'attache à ceux qui restent encore auprès de nous comme un malade.

Chapitre 13

L'eau chaude me procure une douce sensation. Ici, je me sens bien. À l'abri de tout, comme auparavant. Comme si rien n'avait changé. Ce qui n'est pas le cas.

Claqué, je décide quand même d'aller plus vite. J'ai besoin de dormir. Qui sait ce qu'il arrivera demain !

Je tire le rideau de douche normalement transparent. J'étouffe un cri en voyant Amber en sous-vêtements. Bordel, mais comment est-elle entrée ? Je ne l'ai pas entendue.

Nos regards se croisent dans le miroir. Elle esquisse un sourire tout en parcourant mon corps des yeux. Pris de panique, je referme les rideaux de douche toujours embués. Cela pourrait peut-être me cacher de son regard inquisiteur.

— Je te vois toujours, m'indique-t-elle, amusée.

— Amber ! râlé-je. Sors d'ici merde !

— Rho, c'est bon. J'avais besoin de changer mon pansement.

— En sous-vêtements ?

— En retirant ma tenue, j'ai arraché le pansement et ça a commencé à saigner. Puis, je n'ai pas à me justifier !

Mes mains cachent ma partie intime qu'Amber a déjà vue plusieurs fois. C'est bête. Mais j'ai la sensation que tout est différent.

Ce qui est le cas.

— Ok, maintenant sors. J'ai froid.

— Je vois ça, souffle-t-elle, sur un ton amusé.

Ma mâchoire se crispe. Je ne dis rien et prends sur moi. Je vois bien d'ici Amber. Elle se redresse, s'observe dans le miroir et soupire lascivement.

Stupidement, je nettoie une zone du rideau, pour pouvoir mieux regarder ce qu'elle fait. M'attendant à ce qu'elle finisse par partir, elle prend un flacon de parfum à la rose et s'en met. Si je n'étais pas fou, je pourrais croire qu'elle tente de me chauffer. Amber est très cambrée. La courbure de son dos me fait frissonner. Je ne peux m'empêcher de détailler la dentelle de sa culotte noire. Mes yeux remontent lentement sur son corps peu couvert. Elle l'a fait exprès, j'en suis certain !

— Arrête de me mater gros pervers ! s'exclame-t-elle, en riant.

Merde, grillé. En même temps, il n'y avait pas plus discret. Amber se redresse et se détourne. Elle est fière d'elle.

— Bonne nuit, Gabriel, dit-elle, avant de sortir.

Elle ne m'a même pas laissé le temps de lui souhaiter la même chose. Tant pis. Mes pieds nus touchent le sol froid. J'attrape une serviette et essuie mon corps trempé. Je la mets dans le panier de linge sale.

Je repense à ce qu'il va se passer quand je vais rentrer chez moi. Je vais devoir me trouver un endroit où dormir et stocker mes affaires en attendant de trouver un nouvel appartement. Il est clair que je n'ai aucune chance de le récupérer. Amélie va se battre pour l'avoir et je n'ai pas du tout envie de lui tenir tête. J'ai seulement le désir de passer à autre chose au plus vite.

Je pense directement à l'hôtel. Il doit y en avoir un pas loin. Pour mes affaires, je pourrai demander à mes parents de les laisser dans mon ancienne chambre. Ils ont bien gardé la chambre sans jamais avoir changé quoi que ce soit.

J'enfile mon pyjama spécial Noël. C'est un pyjama grenouillère père Noël. Il est tout doux et tient chaud. J'ai l'impression d'être un enfant. Peut-être que la magie de Noël n'a pas disparu totalement ? Peut-être que, même adultes, nous pouvons croire que ces jours-là sont magiques ? Qu'il va nous arriver quelque chose d'incroyable ? Ça a déjà commencé par l'appel de ma mère. Peut-être que me relation avec Amélie était une étape obligatoire dans ma vie, pour accéder à mieux ?

J'avais tout tracé. Notre mariage, notre futur enfant. C'était sûrement mon destin... Et j'en suis étrangement heureux. Je vais pouvoir recommencer à nouveau. Tout était si facile. J'étais très haut placé dans ma vie.

Tout allait bien, en apparence du moins. De nouvelles perspectives s'ouvrent à moi.

Quand j'ai terminé, je sors de la salle de bain. Je suis le dernier à aller me coucher, comme d'habitude. Je me dirige vers ma chambre à droite, en face de celle d'Amber. Je me stoppe en entendant une voix. La sienne. Elle tourne en boucle dans ma tête, jusqu'à ce qu'une autre voix me parvienne. Cette fois-ci, c'est une voix d'homme, plus grave, limite menaçante.

Damien.

Je m'approche sur la pointe des pieds. Je colle mon oreille sur la porte, tel un espion débutant qui n'a aucun matériel.

— Oh, arrête de gigoter, putain !

— S'il te plaît... semble-t-elle l'implorer. Ne fais pas ça...

— Chut... je ne vais pas te faire mal. Puis... je t'ai vu avec ton frère ! Tu caches bien ton jeu, dis donc !

Normalement, Damien devrait être en bas sur le canapé en train de trouver le sommeil. Que fait-il dans la chambre d'Amber et de son fils, à moins de deux heures du matin ?

J'ouvre la porte sans perdre plus de temps et trouve la pièce allumée par la petite lampe de chevet. Amber est sur son lit, allongée en dessous de Damien. Quant à Nathanaël, il est allongé et dort.

Damien est en train de la déshabiller, tandis qu'elle semble se débattre. J'entends le tissu se déchirer. Je me pousse sur le côté et finis par voir Amber en larmes. Ses petites mains tentent de frapper Damien au visage. Lui reste calme. Il jette au loin les morceaux de son haut de pyjama, la dénudant.

La rage monte en moi. Ma respiration est saccadée, je sens que je vais péter un câble.

L'homme entreprend de retirer le pantalon de nuit de ma demi-sœur. Ils n'ont pas encore remarqué ma présence. J'en profite pour me jeter sur Damien. Je le mets au sol avec une force que je me redécouvre.

Il jure et tente de se libérer de mon emprise. Je le saisis à la gorge, ce qui le fige immédiatement. J'écrase sa main droite de mon genou et lance un regard à Amber. Je n'arrive pas à croire ce qu'il allait lui faire ! Il est complètement con ! Je suis littéralement hors de moi. Il ne sait pas de quoi je suis capable, surtout pour la protéger.

— Ça va, princesse ? demandé-je, d'une voix tremblante.

Elle secoue faussement la tête de haut en bas, tout en cherchant des yeux de quoi couvrir sa poitrine. Elle attrape le premier truc qui lui vient, sa couverture. Elle s'enroule dedans en reniflant.

— Alors toi, fais-je d'une voix menaçante, en reportant mon attention sur Damien. Tu vas partir maintenant, là où tu veux, mais tu vas quitter cette maison et lâcher ma demi-sœur.

— Elle était consentante... c'était un jeu.

Je doute de ses paroles. Il est déjà en couple. Ma demi-sœur n'est pas du genre à coucher avec un homme déjà casé. Je sais que je la prends toujours pour une petite fille rebelle, incapable de faire des choses comme les vraies femmes. Seulement, Amber est majeure et est une femme.

Je jette un coup d'œil à Amber.

— N... non, bégaye-t-elle, en essuyant les larmes qui roulent sur ses petites joues.

En plus, il ose mentir ! Je m'écarte d'un coup tout en le tenant par le col de son vêtement de nuit. Je le soulève et le mets sur ses pieds. Je dois faire vachement peur avec mon pyjama père Noël.

Amber se lève du lit toujours avec la couverture. Elle la défait pour la faire traîner et continuer de se cacher sa poitrine.

— Attends ! s'exclame-t-elle, entre plusieurs sanglots. On a besoin de lui...

Je continue de tirer de force Damien jusqu'à la porte. Je m'en fous totalement. Elle ne comprend pas qu'il pourrait recommencer ? Il a bien osé s'en prendre à elle, alors que le gamin dormait à côté ! Qui sait ce qu'il est réellement ? Il pourrait très bien être un psychopathe ! On retrouverait le vingt-cinq décembre les corps de trois personnes. Une histoire glauque qui fera probablement la une des infos.

— Non, refusé-je.

— Les parents vont trouver ça suspect.

— Moins que de savoir que ton soi-disant copain t'a agressée !

J'emmène Damien jusqu'à la porte d'entrée. Il ne tente pas de se battre pour rester. Heureusement pour lui. J'ai très envie de l'enterrer dans le jardin.

La porte ouverte, je constate qu'il neige. Je pousse Damien hors de la maison et referme la porte. Je vois son sac dans le salon. Je lui jette aussi à la gueule et ferme à clé.

Mon sang bouillonne. Les muscles de ma mâchoire tressautent. Je suis hors de moi.

Je monte les escaliers comme un fou, pour trouver Amber assise dans le couloir, totalement tétanisée. Ses émotions sont palpables. Une pression à la poitrine me compresse.

Je m'accroupis devant elle et pose ma main sur sa joue. Je la caresse comme pour lui dire que je suis là maintenant. Car c'est le cas.

— Tout va bien, chuchoté-je. Tu peux aller te coucher.

Elle a toujours la couverture autour d'elle. Ses yeux humides se ferment comme si elle savourait ma caresse.

— Non, refuse-t-elle, en bégayant.

Je souris face à la petite voix qu'elle a quand elle tente de m'amadouer pour obtenir ce qu'elle veut. Elle rouvre ses paupières et plonge ses pupilles dans les miennes.

— Va te coucher... Il ne viendra pas te faire de mal ici. Je vais appeler la police.

Je me lève et l'invite à faire de même. Debout, je dépose un baiser sur sa joue et me détourne d'elle.

— N'appelle pas la police, me supplie-t-elle, en me retenant par le bras. Ils ne feront rien... il ne s'est rien passé.

— Amber, on doit...

— Non !

C'est incroyable qu'elle soit aussi têtue ! C'est pour elle qu'il faut prévenir la police. Elle et peut-être les futures victimes de ce connard. On ne peut pas le laisser s'en tirer ainsi.

— Nous sommes obligés.

— Je ne veux pas passer ma nuit dans un commissariat. Et puis, tu sais mieux que moi qu'il n'y aura pas de poursuite. S'il te plaît, Gabriel... je suis fatiguée.

Je lâche un soupir. Elle a gagné, pour ce soir. Demain, nous porterons plainte.

Je m'engouffre dans ma chambre, pensant qu'elle regagne la sienne. Lorsque je vais pour fermer la porte, Amber se glisse à l'intérieur. Je râle. Je veux bien que ce qu'il s'est passé soit choquant, mais elle ne peut pas rester avec moi. Car oui, je sais qu'elle veut dormir avec moi, comme quand elle avait peur quand nous étions plus jeunes.

— Je ne veux pas rester seule, murmure-t-elle.

— Il y a ton gamin. Nous ne pouvons pas dormir ensemble, Amber !

Elle fait la moue, mécontente de mon refus. Sans rien ajouter, elle se dirige vers mon lit et lâche sa couverture au sol. Mais à quoi joue-t-elle ? Je me surprends à ne pas la lâcher des yeux. Son dos nu se courbe et elle écarte ma couverture. Doucement, elle se tourne et je ne regarde pas ailleurs, alors que je le devrais.

Je remarque qu'elle a froid, car ses tétons pointent. Elle arque un sourcil, visiblement amusée de me voir la détailler.

Qu'elle se rassure, ce n'est qu'une paire de seins. Je ne suis plus adolescent et mes hormones ne me travaillent plus. Les seins, à mes yeux, ne sont pas sexualisés. Enfin, sauf si jeux sexuels. Sinon, en temps normal, voir une paire de nichons ne m'étonne pas. Les hommes font la même chose. Pourquoi empêcher les femmes et pas les hommes ?

Elle s'allonge dans mon lit et commence à se couvrir. Je l'en empêche et me ruant sur ma commode, sortant un vieux tee-shirt et le lui lançant. Elle le reçoit en pleine face et rumine. C'est pour elle, je n'ai pas envie qu'elle attrape froid.

Sans faire la difficile, elle le met lentement. Elle est clairement en train de me chauffer. Elle n'a pas perdu l'habitude. Mais pourquoi maintenant ? Je sais bien qu'elle tente de ne rien laisser paraître, comme à son habitude. Elle a horreur qu'on la prenne pour une jeune fille faible. Même si elle se dit forte, je sais bien qu'au fond, elle est comme nous tous. Il est normal qu'elle soit totalement paniquée après ce qu'il s'est passé. Je vois bien qu'elle grelotte pendant qu'elle bouge. Ses mains tremblent en remontant la couverture.

Je viens donc me mettre dans mon lit. Je dois dire que je suis assez réticent. J'ai peur de commettre une erreur. Je bloque mon cerveau en me répétant plusieurs fois les mêmes mots.

Fermer les yeux, souffler, dormir.

Je la sens se rapprocher de moi. Son odeur lavande m'envahit. Je respire à pleins poumons.

— J'ai tellement eu peur... J'ai cru que... je n'arrive pas à comprendre...

Sa tête se pose sur mon torse. Elle a seulement besoin de réconfort. Ce qui est tout à fait normal.

Pour être honnête, j'en ai aussi besoin. Plus que ce qu'on peut imaginer.

— Je sais, soufflé-je, en caressant ses cheveux.

— Et s'il revient ? Je me sens tellement mal... Je n'aurais jamais dû lui donner une chance... Je croyais qu'il était gentil...

Ça ne sert à rien que je lui fasse des remontrances. Elle culpabilise déjà assez.

— Ce n'est pas ta faute, Amber. Il avait quoi contre moi ? Je ne le connais même pas !

Un silence de mort règne dorénavant dans la pièce. Mon corps est crispé, attendant sa réponse. J'ai même peur qu'elle se soit endormie.

— Je l'ai rencontré à la boutique. Il était venu commander du parfum pour sa copine. On a discuté et il est repassé plusieurs fois. Nous sommes allés boire un coup et là... il m'a dit qui il était.

— Qui ça ?

Plusieurs secondes s'écoulent. J'attends, patiemment la réponse.

— Damien Horson, lâche-t-elle, dans un souffle.

Je ne peux retenir un cri d'étonnement. Je n'arrive pas à le croire. Elle a osé le faire entrer dans sa vie !

— Le frère de Charly ? l'interrogé-je.

— Oui...

— Celui qui l'a écrasé quand il était revenu... mal en point par ma faute ?

— Oui... répète-t-elle, sur un petit ton.

Mon sang ne fait qu'un tour.

Amber a osé faire venir le frère de celui qui lui a fait du mal !

Je commence à trembler d'énervement.

— Oh, bon sang ! Il voulait se venger et tu as marché dans son piège ! Crois-tu qu'il est au courant de...

— Non. Il s'en veut pour son frère, me coupe-t-elle la parole. Il voulait juste passer du temps pour en apprendre plus sur lui...

— Et sûrement pour profiter de toi, comme son putain de frère !

Je m'énerve. Même si ça ne sert à rien, le mal est fait. Il est trop tard pour revenir en arrière.

— Gabriel...

— Nous en parlerons demain. Bonne nuit, Amber.

Il vaut mieux que je coupe court à la conversation. Je suis en train de rager. Mon ton est même cinglant.

— Mmmh... Bonne nuit, Gabriel.

Amber souffle. Je me penche pour éteindre ma lampe de chevet et me remets correctement. Je ne sais pas quel jeu elle voulait jouer en me provoquant tout à l'heure, mais la connaissant c'était peut-être un moyen de penser à autre chose que la tentative de viol de Damien.

Maintenant, elle va devoir dire qu'ils ne sortaient pas ensemble.

Je me triture la cervelle jusqu'à ce que je me rende compte qu'Amber s'est endormie sur moi. Son petit bras encercle mon ventre, sa tête est contre mon menton. Je me sens comme détendu. La sentir ainsi me fait du bien.

Je ferme les yeux avec difficulté. Je suis assez perturbé d'avoir vu ce connard tenter de la violer.

Alors que mon esprit fonctionne à du cent à l'heure, me faisant presque devenir fou, j'entends la porte de ma chambre s'ouvrir. Je me fige et reste sur mes gardes. Je n'ai pas vu la lueur de la lumière jaune du couloir s'infiltrer dans la chambre auparavant.

La personne passe la tête. Je me rends compte qu'il s'agit de ma mère.

— Oh, s'exclame-t-elle, en nous voyant.

Je garde mes yeux plissés, faisant croire que je dors. Je fais semblant de ronfler pour faire plus réel, sans exagérer.

— Elle est là ? demande la voix de mon père.

— Oui, répond ma mère, en chuchotant.

— Ok, j'ai cru qu'elle était avec son copain...

— Chut ! Ils dorment. Allez, on va se recoucher.

Ma mère se recule et referme la porte. J'entends toujours leurs voix dans le couloir.

— Tu avais entendu quoi ? demande ma mère.

— Bah... je ne sais plus. J'ai cru entendre des cris ou des pleurs... Je n'en sais rien. En tout cas, ça m'a réveillé. Peut-être que c'était dans mon rêve...

— Sûrement...

Ou pas.

Si seulement il s'était levé ! Non, c'est une mauvaise idée. Damien ne serait pas reparti en vie.

*

Je cligne mes paupières plusieurs fois, puis les ouvre. Je sens une masse sur mon torse. Après quelques secondes pour me réveiller correctement, je remarque qu'il s'agit d'Amber. Sa tête est sur mon épaule droite et son bras lui est sur mon torse. Son visage fin est proche du mien.

Je souris. Elle commence à se réveiller. Ses paupières clignent rapidement, puis s'ouvrent. Très vite, elle met sa main devant sa bouche, pour bâiller et la laisse tomber sur mon torse.

Nous nous sourions, comme auparavant. J'aimerais croire que nous n'avons pas grandi, que nous sommes encore des adolescents prêts à devenir de jeunes adultes, mais nous sommes de l'autre côté, désormais.

Nos lèvres finissent par se trouver. Les siennes sont douces et me procurent une plaisante sensation.

Elles l'ont toujours été.

Nous nous écartons soudainement étonnés par ce qu'il s'est passé. Je l'ai embrassé. Merde ! Mais qu'est-ce qu'il m'a pris ? Suis-je devenu fou ?

La bouche grande ouverte, Amber se recule, jusqu'à sortir de mon lit. Je suis plus que gêné. Je n'arrive même pas à trouver mes mots pour m'excuser de ce que j'ai fait. Elle secoue la tête de gauche à droite.

— C'est de ma faute... souffle-t-elle, à cause d'hier... Je n'aurais pas dû te chercher.

— Non, c'est de ma faute, terminé-je, en me redressant.

Chapitre 14

Six ans auparavant

Avoir une piscine est ce qu'il y a de mieux pour un mois de mai comme celui-ci. J'ai l'impression de fondre au soleil. Je me dirige vers notre précieuse piscine que notre père entretient avec un peu de mon aide.

Je n'arrive pas à oublier Amélie. Elle m'obnubile. Comment puis-je l'oublier alors que je l'aime ? C'est impossible.

Pourtant, Amélie m'a largué avant-hier. Elle m'a dit qu'elle ne pouvait plus me supporter, qu'elle avait besoin de prendre de temps pour elle.

Je ne l'ai pas implorée de rester auprès de moi. Je sais que, parfois, nous avons besoin de remettre nos idées en place. Je lui laisse le temps de comprendre ce qu'elle a envie. Rien n'est plus important pour moi que de la savoir heureuse.

Derrière, dans le jardin, je découvre qu'Amber squatte déjà l'endroit. Elle est allongée sur le ventre, sur un transat. Je détourne les yeux quand je remarque sa culotte de maillot de bain. Elle est noire et avec des genres de bandes qui laissent voir un peu de la peau de ses hanches. Je ne m'y connais pas vraiment en vêtements, encore moins pour les filles. Ce genre de chose ne m'intéresse pas.

Je pose ma serviette sur l'un des trois autres transats libres. Le soleil chauffe ma peau. J'ai au préalable mis de la crème solaire pour me protéger un peu.

Au bord de la piscine, je m'accroupis pour prendre de l'eau dans ma main. Je mouille ma nuque comme mon père me l'a déjà dit. Une fois cela fait, je prends garde à ne pas faire trop de bruit. Si Amber dort, c'est qu'elle a besoin de se reposer. Je n'ai pas envie de la réveiller stupidement.

Je glisse dans l'eau en faisant le moins de bruit possible. J'avais besoin d'un moment comme ça. Cela fait plusieurs semaines que les mêmes scènes tournent en boucle dans ma tête. Je n'arrive pas à oublier ce que j'ai fait, ce que j'ai causé. Par ma faute, Charly est mort.

J'ai causé sa perte en voulant venger Amber. Je ne dis pas qu'il le méritait, non. Mais je n'hésiterais pas à le refaire. Un homme n'a pas le droit de forcer une femme, encore moins de la faire boire, de la laisser, puis de revenir vers elle pour s'excuser. Il n'a pas non plus le droit de l'emmener dans un endroit sans pouvoir parler au monde extérieur et de la forcer à coucher avec lui, même si elle ne veut pas.

Elle m'a bien dit qu'elle ne voulait pas. Elle n'a pas pu sortir, même pour manger. Il a uniquement commandé, pour ne pas la laisser seule.

Il ne l'a pas quitté d'une semelle. Comme un psychopathe.

Après notre longue discussion, Amber a décidé de rompre avec lui. Il est revenu, encore et encore.

Le matin, il se trouvait devant notre maison et attendait qu'elle sorte. J'ai donc dû l'emmener et la ramener du lycée. À chaque pause, il essayait de lui parler, de lui faire comprendre qu'ils devaient se remettre ensemble.

Fort heureusement, Amber n'a pas marché dans son jeu. Elle ne lui faisait plus confiance. L'amour qu'elle avait pour lui a disparu après les trois jours enfermés. Elle a compris que c'est uniquement ce qu'elle aurait avec lui.

Elle a terminé, un jour, une heure avant moi. Elle a décidé de m'attendre sur le parking. Là, il est venu s'en prendre à elle. Il était fou de rage qu'elle ne veuille pas lui donner une chance. Il a commencé à l'attraper par les cheveux pour l'emmener dans un coin à l'abri.

Par chance, elle m'a appelé le plus discrètement possible. Il ne s'est rendu compte de rien jusqu'à ce que j'arrive. Quand j'ai reçu son appel, j'étais en cours de mathématique. J'ai décroché sans qu'on se doute de quelque chose. J'ai entendu les menaces de Charly. Il était très vulgaire et commençait à s'énerver. J'ai pris mes affaires et j'ai quitté le cours. Comme si c'était naturel. Sur le parking, j'ai chopé Charly et j'ai ordonné à Amber de rentrer le plus vite possible. Elle était en pleurs et n'a pas voulu faire ce que je lui disais.

Charly continuait de la menacer, de lui dire qu'ils étaient faits pour être ensemble, puis que si elle le refusait, il ne la lâcherait pas. J'étais plus qu'énervé d'entendre ça. J'ai perdu le contrôle. J'ai fini par crier sur ma demi-sœur pour qu'elle s'en aille. Elle a hésité, mais a finalement fait ce que je lui disais. Heureusement pour elle. Elle n'aurait pas supporté de me voir m'emporter.

Je lui avais dit à maintes reprises qu'il n'était pas pour elle, elle n'a pas voulu me croire. Jamais je ne me serais douté qu'il avait un problème psychologique.

Pour lui faire comprendre de ne pas s'approcher de ma sœur à nouveau, je l'ai battu. Je l'ai frappé jusqu'à ce qu'il saigne. Ce jour-là était le pire. J'ai cédé aux ténèbres. J'ai plongé dans le mauvais côté sans rien pouvoir contrôler.

Je suis alors parti, laissant Charly totalement inconscient. J'ai même cru que je l'avais tué sur le coup. J'ai récupéré Amber. Je l'ai à peine vue sur le parking, adossée à ma moto, que j'ai souri comme un enfant, comme si rien ne s'était passé. J'étais content de la voir, même si elle était effondrée. Je l'ai réconfortée, avant de quitter le parking. Alors que j'étais en train de démarrer ma moto, j'ai vu Charly titubant, tentant de marcher correctement. Il est tombé à plusieurs reprises et crachait du sang. J'ai alors mis le contact et suis parti avec Amber jusqu'à la maison.

Le soir même, alors que j'avais psychoté plusieurs heures, j'ai décidé de tout dire à Amber. Elle m'a écouté, a été surprise, mais m'a seulement remercié de l'avoir protégé.

Le lendemain, nous avons appris que Charly était mort. Il s'était fait écraser par son frère, que je ne connaissais pas, Damien.

Damien était revenu de son travail, il ne l'avait pas vu. Charly n'aurait pas non plus vu la voiture et serait tombé, puis se serait fait écraser.

Tout cela est horrible. C'est de ma faute. Je m'en veux depuis pour ce que j'ai fait, je l'ai tué. Damien n'est pas allé en prison, les policiers ont conclu que c'était un accident. Depuis, seuls Amber et moi savons ce qu'il est arrivé avant la mort de Charly.

Je plonge sous l'eau pour tenter de me changer les idées. Quand je remonte à la surface, je remarque qu'Amber s'approche. Elle n'a pas de haut de maillot de bain.

Sans faire attention, mes yeux parcourent son corps. Elle est petite, maigre à mon goût, les cheveux longs et noirs. Ses yeux bleus me scrutent. Je romps le contact et glisse mes yeux le long de son corps.

Voir ses seins réveille en moi une excitation qui ne m'est pas inconnue. À chaque fois que je me sens proche d'elle, je suis pris d'une envie de l'embrasser et de la faire mienne.

Amber saute dans la piscine et m'éclabousse. Quand sa tête sort de l'eau, elle m'observe et se met à rire. Elle me tire la langue, comme une enfant, tout en s'approchant de moi dangereusement. Je nage, me recule d'elle. On pourrait croire que je suis sa proie, qu'elle va me sauter dessus. Mon ventre est pris de petites décharges électriques qui me font frissonner.

Merde !

C'est ma demi-sœur ! Il faut que je me ressaisisse. Je ne peux pas la désirer ainsi !

— Je ne comprends pas pourquoi Amélie a rompu avec toi, me dit-elle. Tu es parfait ! Tu es si... joli, gentil. Jamais une femme ne pourrait rompre avec un homme comme toi.

Je roule des yeux, continuant de m'éloigner d'elle.

— Je ne suis pas parfait, rétorqué-je. J'ai commis un meurtre.

— Tu n'as rien fait ! C'était un accident, vous vous êtes battus comme des garçons. C'est normal ! Tu ne peux pas t'en vouloir, Gabriel.

— Amber, je l'ai fait pleurer et je n'ai rien ressenti. Strictement rien ! Je voulais juste te venger !

Je me trouve collé à la paroi de la piscine. Elle est froide et me coupe directement dans mes pulsions. Enfin, seulement pendant quelques brèves secondes. Amber se retrouve à quelques centimètres de moi. Je me sens alors brûlant. Mon cœur se met à battre à la chamade.

— Mmh... Gabriel, si j'avais été un homme... Si j'avais eu de la force, j'aurais fait la même chose. Je n'ai pas réussi à me défendre. Je compte prendre des cours de boxe...

— Amber... soufflé-je. Ce qu'il s'est passé cette nuit-là était...

Son corps continue de se rapprocher. Elle se retrouve collée contre moi. Ses bras passent autour de ma nuque. Je reste interdit. Bien sûr que j'ai envie de recommencer. Mais c'était une erreur. J'ai été complètement pris par mes envies. Tout ce que nous avons dit était des bêtises.

— Pourquoi... n'as-tu pas de haut ?

— Je voulais bronzer sans avoir les traces, me répond-elle, sur une voix enjouée.

Elle tente de me séduire. Je le vois et l'entends. Elle l'a fait que quelques fois pour séduire Charly au tout début.

Je me lance pour lui demander de s'écarter de moi, mais je n'ai pas le temps. Elle dépose ses lèvres sur les miennes délicatement, comme si elle avait peur de me faire mal. Je me surprends à fermer mes paupières et à lui rendre son baiser avec douceur. Mon rythme cardiaque augmente. J'ai peur de franchir la ligne et, en même temps, j'en ai envie.

Son visage finit par s'écarter du mien, car nous sommes à bout de souffle. Nous nous regardons, les yeux dans les yeux. Je suis littéralement hébété, surtout quand je comprends que j'en veux encore et plus.

Je l'attrape par la taille et tente de l'écarter de moi. Elle s'agrippe encore plus.

— Gabriel... je... je ne devrais pas, mais je ressens quelque chose pour toi depuis... assez longtemps... Tu le sais bien... Et puis rappelle-toi de ce que nous avons dit.

Elle marque une courte pause. Je la laisse prendre son temps, désireux de savoir ce qu'elle a à dire.

— Je... pensais que c'était juste mes hormones... puis je me suis rendu compte que j'étais jalouse. Très jalouse d'Amélie...

Elle se tait. Je mords ma lèvre inférieure. Je ne sais pas du tout quoi lui dire. Elle vient de me faire un genre de déclaration et je reste comme un con, silencieux. Que puis-je dire ? Que pour moi, j'ai juste envie de coucher avec elle ? Que j'aime seulement le fait que ce qu'on risque de faire n'est pas bien ? Suis-je bien sûr de ce que j'ai compris venant de moi ? Je dois bien dire que je n'en sais rien !

Je sais que je l'aime. Oui, mais comme ma demi-sœur !

Vraiment ? Ou suis-je en train de me mentir ?

Bordel, je n'aime pas toutes les questions qui tourmentent ma tête. Tout ce que je sais, c'est que je serais capable de tout pour elle, que mon cœur se met à battre vite quand je l'aperçois. Je tente toujours d'y faire abstraction, mais ce n'est pas facile. Je sais que, si je pouvais, je lui demanderais de devenir ma petite amie. J'y ai pensé de nombreuses fois. Suis-je simplement en train de perdre la tête ? Je n'ai pas le droit de l'aimer. Même si nous n'avons pas le même sang.

Nous vivons ensemble depuis près de cinq ans. Oui, déjà cinq ans qu'Amber partage ma vie. Ça me fait toujours un peu drôle, mais je ne m'imagine plus sans elle. La petite préadolescente est devenue une adolescente très sûre d'elle. Elle est bien loin de l'enfant muette et peureuse, surtout depuis la soirée mise au point.

Cela serait donc très malsain de se mettre ensemble ! Pire, nos parents ne comprendraient pas. Ils risqueraient de la repousser et je ne veux pas la perdre.

— Je n'ai jamais aimé te voir avec Charly, avoué-je.

Mais qu'est-ce que je fous ? Mon cœur semble prendre le contrôle. Je grogne en secouant la tête.

— Je sais, murmure Amber, en approchant son visage du mien. Je l'ai vu quand Charly a pointé le bout de son nez le premier jour... quand il est venu me parler...

— Tu es en train d'insinuer quoi ?

— Je l'aimais... sérieusement. Je me suis dit que je pourrais l'aimer plus que toi... mais tu es tellement parfait. Personne ne pourra te remplacer.

— Amber... je ne suis pas parfait.

— Avec moi, oui, insiste-t-elle.

Elle dépose un baiser sur ma joue avant d'en déposer un autre sur mon oreille gauche.

— Amber... as-tu encore bu ?

— Non ! Et ce qu'il s'est passé... ce n'était pas à cause de l'alcool. Et ce que nous avons fait, c'est que nous le voulions. Tu le sais bien, Gabriel. J'avais juste envie de t'embrasser, de te sentir tout contre moi... De te sentir en moi. J'avais besoin de toi. J'ai toujours besoin de toi.

Je n'en crois pas mes oreilles. Sa déclaration brise mes dernières barrières.

— Tu es amoureuse... de moi ?

Je termine difficilement ma phrase. Je suis stressé comme jamais. Je préférerais même aller chez le médecin, plutôt que d'entendre la réponse à ma question. Pourquoi l'ai-je posée alors ? Car j'ai étrangement besoin de savoir.

Amber se colle contre moi et enfouit sa tête au creux de mon épaule. Elle y laisse un baiser humide, avant de respirer mon odeur. Sa poitrine se cogne contre mon torse. Elle est aussi stressée que moi.

— Mmh... fait-elle. Tu le sais bien.

Elle n'a pas l'air de vouloir me répondre. Je la comprends. Ça doit être difficile de savoir que la personne qu'on aime ne nous aime peut-être pas en retour.

— Tu sais, je viens de sortir d'une relation amoureuse. J'ai peur de tout mélanger et de croire que je ressens quelque chose pour toi, alors que c'est pour Amélie...

— Chut, m'ordonne-t-elle.

Son visage se rapproche du mien pour m'embrasser. Je n'en ai pas envie. Pourtant, mon corps me trahit. Je lui rends ses baisers et la serre contre moi. Je sens sa main droite se faufiler le long de mon corps. Elle caresse du bout des doigts mon torse et glisse sa main entre mon membre et mon boxer. Ma respiration devient saccadée, quand elle commence des mouvements de poignée.

Je laisse échapper un râle contre sa bouche entrouverte. Un léger sourire en coin est accroché sur ses lèvres. Sa langue vient se faufiler entre mes lèvres pour aguicher la mienne. J'adore le goût. Si somptueux que j'aimerais rester suspendu à elle pour l'éternité.

Ma main gauche la tient au mieux contre moi. De mon autre main, je viens caresser ses seins qui pointent. Je joue avec pendant plusieurs minutes avant de continuer mon chemin vers son entrejambe. Je fais glisser mes doigts derrière le tissu de son maillot de bain. J'ai soudainement envie de le lui arracher. Comment ai-je pu me contenir aussi longtemps ?

— Amber... murmuré-je, contre sa bouche. Et si... tu étais en train de mettre ton amour pour Charly... sur moi ? Et si c'était juste physique entre nous ?

— Tu... tu me désires ?

Elle ne semble pas y croire. Pourtant, je ne sais pas ce qu'il lui faut. Elle est quand même en train de me caresser... Elle sait donc l'effet qu'elle a sur moi.

— Je sais, je ne devrais pas...

— Tais-toi et embrasse-moi, Gabriel...

Ce qu'elle me dit raisonne dans ma tête. Je me penche sur elle et saisis ses lèvres des miennes. C'est officiel, je suis perdu et complètement fou. Comme si j'attendais ça depuis longtemps, j'accélère les mouvements de mes doigts. Nous ne pouvons plus faire marche arrière et je n'en ai pas envie. Je la veux, je la désire maintenant.

Nos lèvres se séparent. Sa tête se renverse en arrière, alors que mes doigts continuent de lui procurer du plaisir. Elle gémit et serre ses cuisses, enfermant ma main. Je sens que je viens aussi. Elle continue de tressauter, je lâche son dos pour retirer sa main. Ses yeux se posent sur moi. Elle me sourit comme jamais. Sa poitrine se soulève lourdement, tandis qu'elle inspire profondément.

Je retire son bas très vite, en déchirant le tissu. Elle semble étonnée par mon empressement. Nos bas finissent par glisser jusqu'au fond de la piscine. J'irai les chercher après... Il ne manquerait plus que nos parents nous surprennent à coucher ensemble dans la piscine. Heureusement, ils sont tous les deux de sortie et rentreront tard dans la nuit. Nous sommes donc tranquilles.

Amber enroule ses jambes autour de mon bassin. Ses mains viennent se poser sur ma nuque. Elle attire mon visage vers le sien et m'embrasse. Je prends mon temps pour me faire encore un peu désirer. Quand elle se met à susurrer mon prénom, j'entre en elle tout doucement. Je nous fais changer de position et la colle contre la paroi de la piscine. Je l'embrasse à pleine bouche, tandis que j'accélère le rythme.

Chapitre 15

Maintenant

Nous descendons dans un silence religieux. Nous faisons attention à ne pas nous frôler et à ne pas croiser le regard de l'autre. Dans le salon, nous trouvons nos parents déjà debout. La table pour le déjeuner est déjà mise. Notre père est assis à sa place et a déjà commencé à manger. Je constate que le môme d'Amber est déjà installé à ma place. Il est en pyjama bleu nuit et engouffre une cuillère de céréale dans sa bouche. Nous nous saluons tous timidement. Assis à ma place, je souris nerveusement.

— Amber, ton ami n'est plus là ? demande notre mère.

— Maman, fais-je. Damien est...

— Il est parti dans la nuit, me coupe Amber, en me lançant un regard noir. Il a été appelé pour un *photoshoot* qui a lieu dans quelques heures... C'est son manager qui lui a demandé de sauter dans le premier vol.

Je suis littéralement surpris de voir ma sœur mentir aussi bien. On dirait une professionnelle ! M'a-t-elle déjà menti ? Hier ? Auparavant ?

Jade secoue la tête et lui sourit, avant de lui servir du café. Depuis quand Amber boit-elle du café ? Elle a toujours pris du chocolat chaud !

Sérieusement, il faut que j'arrête d'être choqué. Amber n'est plus une petite fille. C'est une jeune et belle femme. Il est normal que certaines choses aient changé au court des années ; années où je n'étais pas présent.

Ma mère s'assoit à sa place. Son regard est maintenant posé sur moi, ses yeux sont plissés et font des petites rides au coin des yeux.

— Gabriel, tu peux tout nous dire. On pense avec ton père qu'Amélie n'est pas venue, car elle ne nous aime pas...

Je secoue la tête négativement. Difficile de garder ça plus longtemps. Et puis, ils doivent se sentir mal s'ils pensent qu'Amélie ne les aime pas. Elle avait surtout une dent contre Amber, ce qui est totalement stupide. Jamais Amélie n'a été au courant de ce qu'il s'est passé entre elle et moi, durant notre première rupture. Je vois mal Amber le lui dire pour la rendre jalouse.

— Ce n'est pas ça. Amélie a rompu avec moi. Elle est partie avec un autre homme.

Ils ont tous l'air étonnés par ce que je viens de leur annoncer. Un léger sourire étire les lèvres d'Amber. Quand elle s'aperçoit que je l'ai remarqué, elle baisse la tête. Bien sûr qu'elle doit être heureuse que je ne sois plus avec une garce !

— Et bah, c'est mieux ! s'exclame mon père, content. Cette fille n'était pas pour toi ! Elle ne te méritait pas, Gabriel.

Je roule des yeux, excédé par ce que me dit mon père. J'étais amoureux d'elle. Même si elle m'a brisé, nous avons vécu des moments incroyables. Je ne balayerai pas tout ce qu'il s'est passé à cause de ses conneries. Ok, elle m'a trompé, OK, elle était avec moi pour l'argent. Mais j'ai été heureux. Certes, très aveugle et elle m'a pris pour un con, mais j'ai passé de belles années avec elle.

Maintenant, elle n'a pas intérêt à revenir et à s'excuser. Je ne lui pardonnerai pas ce qu'elle m'a fait. Elle m'a trahi.

J'avais plus que confiance en elle. J'ai cru en nous deux, alors qu'elle voyait quelqu'un d'autre à côté.

Après la fin du déjeuner, nous ouvrons les cadeaux. Nous avons chacun à notre tour posé ce que nous avions acheté au pied du sapin vert orné de boules et de guirlandes pendant la nuit. J'ai été le dernier à mettre les cadeaux. J'étais d'ailleurs le dernier en tout. Quand j'habitais encore ici, je me couchais le dernier comme si c'était un moyen de pouvoir surveiller tout le monde.

Le seul problème que je rencontre est les cadeaux pour le petit. Puisque je ne connaissais pas son existence, je ne lui ai rien pris. C'est très gênant. C'est le premier à ouvrir ses cadeaux. Les paquets sont emballés d'un papier cadeau pour enfants avec nounours et un autre avec des voitures. Il semble ravi. Tous autour de lui, nous le contemplons s'amuser avec des voitures.

Un peu gêné, je baisse les yeux.

Putain, je crois avoir compris pourquoi je n'arrive pas à regarder cet enfant. J'allais en avoir un. J'allais être père. Peu de temps après, tout s'est envolé. Jaloux. Oui, c'est ce que je suis. Autant être honnête.

À notre tour, nous ouvrons nos cadeaux. Je reste en retrait, observant ma famille. Mes pupilles glissent vers la fenêtre. Dehors, il neige. Les flocons tombent lentement et me calment. Quand je repense à ces années perdues. J'aurais pu accepter la tragédie et aller de l'avant. Au lieu de cela, j'ai ressassé chaque année les mêmes choses. Je me refusais au bonheur.

J'entends Amber étouffer un *« oh, mon dieu »*. Quelques secondes après, elle se jette sur moi et m'attrape dans ses bras. Stupéfié, mon corps reste immobile.

— Merci ! me fait-elle, heureuse. Je le voulais tellement !

Je suis surpris qu'un livre lui fasse un tel effet. Je me demande comment elle va réagir pour le cadeau qu'il y a à l'intérieur. Je sais ce qu'elle rêve de faire. Avec l'argent que j'ai, malgré mes dépenses, j'en ai encore pas mal. Cela serait complètement stupide et méchant de ma part de ne pas l'aider financièrement. Puis, puisque nous avons un projet assez similaire — monter notre entreprise —, nous allons pouvoir nous aider mutuellement. J'en connais peut-être plus sur la question, puisque je me suis renseigné il y a longtemps. Je sais que rien n'est impossible, avec de l'argent bien sûr.

Amber s'écarte de moi, sous les regards amusés de nos parents.

— Je dois t'avouer que j'ai seulement lu le résumé... Je ne savais pas du tout que tu le voulais.

— Bah, tu as alors les mêmes genres de goûts que moi !

Elle me tire la langue, avant de reprendre son calme. Elle est toujours aussi surprenante. Elle s'installe au sol et commence à feuilleter le livre. Ses yeux se plissent. Rapidement, elle voit quelque chose de bizarre. Elle ouvre les deux pages et reste étonnée.

Ma demi-sœur me lance un regard en biais, avant de prendre l'enveloppe. Dessus est écrit son prénom en noir. Dans un geste plutôt maladroit, elle l'ouvre et sort ce qu'il y contient. La première chose qui vient est la lettre que je lui ai écrite quelques jours auparavant et l'autre est un chèque.

Dessus, je lui dis que je souhaite vraiment reprendre mon rôle de grand demi-frère. Je lui dis que je serai toujours là pour elle, qu'elle pourra toujours avoir confiance en moi. Je lui annonce aussi que son projet est dans l'obligation d'aboutir, que je serai là pour l'aider à chaque nouvelle étape.

L'aider va beaucoup m'aider. Savoir que son rêve va se réaliser me met du baume au cœur et me donne envie de me battre pour le mien. J'avais déjà baissé les bras plusieurs fois. Je m'étais dit que le plus important était d'avoir un job et de gagner suffisamment pour combler Amélie. Maintenant, il n'y a plus personne à combler. À part moi-même.

Je reporte mon attention sur ce qu'elle m'a pris. Je n'attendais rien du tout. La connaissant, elle a dû me prendre un truc pour me faire une blague. Elle a toujours été la plus comique entre nous deux et aussi la plus sauvage. Elle aime répondre, surtout aux plus grands. Elle ne se laisse pas marcher dessus, dit ce qu'elle pense au risque de blesser les gens. Amber aime bien jouer avec les hommes, les pousser à bout pour les énerver. Elle les nargue beaucoup, du moins avant.

Car actuellement, je n'en sais rien. C'est comme si je la redécouvrais, comme si je l'avais perdue. Pourtant, il aurait suffi que je lui téléphone ou que je lui envoie un simple texto. Choses que je n'ai pas faites. Je n'en ai pas eu le courage.

J'ouvre le paquet et reste sur le cul. En premier, il y a deux tickets de concert pour *Bohnes*, un artiste que j'adore et qui ne passe en France que rarement. Le concert a lieu à Lyon le 9 mars 2021. Dans environ moins de six semaines et quelques. Ce chanteur, j'en suis totalement fan. L'une des fois où il était venu en France, c'était soit avec sa copine soit pour donner un unique concert à Paris. Étant sur Lyon et, avec tout le travail que j'avais à ce moment-là, je n'ai pas pu y aller.

La bouche entrouverte, je n'arrive pas à émettre un son pour la remercier convenablement. Mes yeux se posent sur ce qu'il y a dans le carton. Ce dont j'ai toujours rêvé quand j'étais au lycée, mais que j'ai toujours refusé de me prendre. Le bonheur des autres est plus important que le mien, et les voir heureux m'importe plus.

— Oh putain, lâché-je, sous le choc.

Je sors la veste en cuir noir ornée d'un dessin dans le dos. C'est mon nom avec une tête-de-mort. Exactement le modèle sur lequel je louchais depuis ma jeunesse. Je suis très heureux de ne pas me l'être pris. Il aurait fini par devenir une simple veste. Mais là, c'est la veste qu'Amber m'a achetée ! C'est bien plus, comme un trophée, quelque chose dont je suis fier et content.

— Tu m'as tellement fait de cadeaux, me dit Amber. Je te le dois...

— Oh, merci ! Tu ne sais pas à quel point je t'aime, Amber.

Un sourire béat étire sa bouche. Quelques secondes après avoir prononcé ses mots, je me rends compte qu'ils ont un double sens. Oui, je l'aime profondément. Et j'ai peur de comprendre à quel point.

Je racle ma gorge. Nos parents ne semblent pas comprendre ce qu'il se trame actuellement. Ils nous voient toujours comme demi-frère et demi-sœur qui s'aiment, puis se détestent la seconde d'après. Heureusement d'ailleurs. Qui sait ce qu'il aurait pu se passer s'ils avaient découvert notre secret ?

Les cadeaux ouverts et les câlins de remerciement faits, nous nous mettons à discuter. Le petit continue de s'amuser seul dans son coin, sans nous prêter attention. Je n'échappe malheureusement pas au sujet Amélie. Je leur avoue ce que j'ai trouvé. Les photos, les mails, l'argent et sa grossesse.

Mon père m'observe, un œil plissé. Il passe sa main dans ses cheveux grisonnants et frotte son crâne. Vu ses traits, il a l'air abasourdi par ce que je viens de révéler. Quant à Jade et Amber, elles sont sidérées. Aucun son n'ose sortir de leurs bouches.

— Ne vous inquiétez pas. Ça va aller. Je vais passer à autre chose.

Cela ne semble pas les rassurer pour autant. Il faut les comprendre. Personne ne s'attendait à ça de sa part.

Dire que je me suis imaginé des tonnes de scénarios sauf celui-ci. Je pensais rester chez moi, à ruminer encore une fois. Puis, je m'attendais à un petit Noël avec mes parents et ma demi-sœur. Je me suis retrouvé avec le frère d'un gars dont j'ai causé la mort. J'ai dû protéger ma demi-sœur de ce connard. J'ai appris que mes parents nous avaient filmés pendant que nous couchions ensemble dans la piscine il y a six ans. Et, pour finir, je viens de connaître l'existence de mon neveu.

Elle aurait quand même pu m'envoyer une carte après la naissance de ce Nathanaël avec sa photo ! Oh, j'ai aussi compris que ma sœur ne voulait pas se retrouver seule avec moi et qu'elle avait osé engager le frère de son ex pour ne pas avoir à me subir. Super !

Bon, sur ce point je ne peux pas lui en vouloir. C'est moi qui ai coupé tout contact pour me remettre avec Amélie. Et pour un point important : ne pas avoir à répondre de mes actes.

— Et son père ? hésité-je, en désignant le môme de la tête.

Notre mère souffle et lève les yeux au ciel, alors qu'Amber secoue la tête de gauche à droite.

— Son fiancé est mort il y a trois ans, m'annonce notre mère. Ta demi-sœur élève seule son fils depuis...

— Ouais... c'est assez dur de trouver un homme qui m'accepte avec le petit.

— Sauf Damien, ajoute ma mère en souriant.

Si elle savait !

— Mouais, grimace Amber. Rien n'est sûr avec lui... Ça ne fait pas longtemps que nous sommes ensemble... Je ne pense pas pouvoir supporter sa situation de mannequin longtemps...

Très fort. Il n'y a pas à dire ! La maîtrise qu'elle a d'elle-même m'étonne. Elle sait bouger à la perfection et contrôle sa voix et ses mots. Le métier d'actrice lui aurait été !

— Oh, souffle notre mère. Je vois.

Le reste de la matinée, nous discutons de tout et de rien. Amber évite à chaque fois les questions sur Damien. Quant à Nathanaël, je n'en apprends pas plus, ni sur le père. Je peux tout à fait comprendre. Elle a perdu l'homme qu'elle aimait.

Je prends les assiettes et viens mettre la table. Ma mère et Amber sont en train de préparer le repas. Je passe devant mon père. Je trouve que c'est assez tendu entre nous deux. Nous n'avons pas encore parlé des choix que j'ai faits. J'aimerais bien lui faire comprendre que j'aimais Amélie, que je l'aurais suivi où elle voulait juste pour être avec elle.

Il ne comprendrait pas. C'est perdu d'avance. Pour lui, c'est la femme qui doit s'adapter à l'homme. Pas l'inverse. Pour lui, c'est l'homme qui ramène l'argent à la maison, la femme fait uniquement les enfants et la bouffe.

Mais ce genre de chose, c'était dans le passé. Je suis certain qu'il n'en pense pas un mot. Surtout qu'avec Jade, il ne peut pas faire ce qu'il veut. Pour elle, il doit respecter

qui elle est. Il doit aussi l'aider et se soutenir mutuellement.
Ou alors Jade l'a changé !

Chapitre 16

Comme à chaque fois, mon père est parti faire sa sieste dans sa chambre. Amber et notre mère sont en train de papoter, tandis que j'observe par la fenêtre la neige tomber sur le sol blanc du jardin. Elles parlent de choses de filles qui ne m'intéressent pas du tout. Quant au petit, il somnole au sol, toujours avec ses jouets.

— Oh ! Viens, je vais te montrer la robe que ton père m'a achetée !

On dirait deux folles. Les femmes me font peur quand elles parlent de vêtements, de maquillage et d'hommes, autant que les garçons qui sont capables de rester enfermés chez eux pour un match. J'aime bien le sport, oui, mais en vrai. Pas uniquement assis dans mon canapé à hurler sur des gens qui font leur possible pour gagner.

Amber et Jade montent pour aller faire leurs trucs de filles. Je me retrouve seul avec Nathanaël dans le salon, assis sur une chaise à côté de la fenêtre. Ma main se pose contre la vitre, je nettoie la buée. Par la vitre, je contemple l'extérieur. C'est vraiment quelque chose que j'adore. Le temps passe plus vite et mon esprit est apaisé.

— J'ai soif.

La petite voix me parvient clairement. Je me détache à contrecœur de la sublime vue. Sans un mot, je me lève et entreprends de le servir. J'opte pour un jus d'orange. Son verre à moitié rempli, je retourne à ma place.

— C'est bon, je t'ai servi, dis-je. Et les « s'il te plaît » et « merci », ce sera pour demain, hein ?

Aucune réponse. Du coin de l'œil, je le vois se lever et se diriger vers la table. Quel petit mal poli ! Pire que sa mère ! Même Amber m'a toujours remercié.

Les minutes passent et je n'entends plus rien. Le petit n'est pas retourné à sa place. Il ne se serait pas volatilisé quand même ? Je me retourne, lentement. Un sourire étire mes lèvres. Il s'est endormi la tête sur la table, après avoir bu son verre. Ses bras pendent dans les airs. Sa bouche est entrouverte.

Je ne peux pas le laisser ainsi. Debout, je le rejoins et le prends dans mes bras. Bordel, ça me fait bizarre. Il est si petit. Il semble si fragile. Un soupir s'échappe, tandis que je monte les escaliers. Les femmes sont en train de tester des trucs dans l'ancienne chambre d'Amber. On peut les entendre rire et commenter des tenues.

La meilleure option que j'ai, c'est de le mettre dans mon ancienne chambre. En silence, je franchis le pas de la porte. Là, un problème vient à moi. Comment ouvrir le drap pour mettre le môme sans le lâcher ? Ce petit obstacle m'indique que je ne suis pas prêt pour être père. Je galère déjà à coucher un gosse, alors je n'imagine même pas devoir le nourrir ou le changer !

Peut-être que si je l'avais porté contre mon épaule, et non comme un bébé, j'aurais pu y arriver. Quoi qu'il en soit, c'est trop tard. Penché au-dessus du lit, je tire avec difficulté la couverture. Puisque je n'y arrive pas du tout ; j'opte pour coucher le gamin. De là, je parviens à le couvrir.

Après plusieurs minutes, je peux enfin regagner ma place. J'ai beau me rendre compte que j'ai l'air d'un con, je n'y peux rien. Regarder ce gamin, c'est voir ce que j'ai loupé. Alors je l'ignore, tourne les yeux. Il ne m'a rien fait, bien sûr. Mais c'est psychologique.

À nouveau assis, je me perds sur l'extérieur. Si je n'étais pas adulte, si j'avais toujours cette imagination qu'ont les enfants, je serais probablement dehors en train de faire un bonhomme de neige. Seulement, à ce qu'il paraît, cela n'est pas mature de la part d'un adulte de jouer ainsi. À croire qu'une fois passé un certain âge, nous ne pouvons plus nous amuser. C'est vraiment dommage !

Je regarde avec regret le jardin blanc. Mon cœur se serre devant les flocons qui tombent. Il y a quelques années, j'aurais attrapé Amber et nous serions allés jouer comme des idiots, sans nous soucier du regard des autres.

— Oh, et puis merde ! râlé-je.

Je me lève et remets la chaise à sa place, autour de la grande table. Je me dirige vers le portemanteau et attrape ma doudoune. Je mets mes chaussures de neige pour ne pas abîmer mes pompes et sors. Dehors, je respire à pleins poumons. L'air frais me fait du bien. Je n'arrêtais pas de ressasser ce qu'il s'est passé entre Amber et moi il y a plusieurs années. Plusieurs fois, et j'ai aimé ça.

Je n'ai pas vraiment regretté de l'avoir fait avec elle, puisque nous n'avons pas le même sang. Mais personne ne pourrait comprendre. Et je ne désire pas me battre contre mon père. Il s'est donné du mal pour que notre famille soit heureuse.

Nous ne pouvons pas transformer ça. Il n'y a eu que du sexe entre nous, rien d'autre. J'étais amoureux d'Amélie et j'ai uniquement profité d'Amber, car nous étions célibataires. Mouais. Ça sonne assez faux à mes oreilles !

Je sors les gants de la poche de ma doudoune. J'entreprends, le sourire aux lèvres, de faire un bonhomme de neige. Je forme une boule, puis la fais rouler un peu pour la grossir. Par la suite, je viens positionner le corps du bonhomme de neige à un emplacement que j'ai choisi. La sensation d'être à la fois excité et heureux s'insinue au plus profond de moi. Il ne faut finalement pas grand-chose pour se sentir vivant et heureux.

Après la tête faite, je la monte sur le corps. Ça fait longtemps que je n'ai pas fait ça. Tout a vraiment changé. Mes parents, ma demi-sœur, nos vies. Même moi, j'ai changé. Je ne suis plus le même. Encore moins depuis quelques jours.

La porte claque et me fait sursauter. Je tourne ma tête et découvre Amber venant jusqu'à moi. Elle tient dans ses mains une carotte et deux petites choses rondes et noires. Autour de son épaule, il y a une écharpe grise. Arrivée à ma hauteur, elle entreprend d'enrouler l'écharpe autour du cou du bonhomme. La carotte à terre, je la prends et la mets. Pour les yeux, nous mettons un bouton chacun, comme ça pas de jalousie. Oui, nous pouvons être jaloux pour ça, même adultes !

— Il est quand même laid, lance-t-elle, en riant.

— Tu plaisantes ? C'est le plus beau !

Amber roule des yeux. Elle a l'air dubitative.

— Viens, me fait-elle, en approchant sa main de la mienne.

Elle la prend et la sert tout en se levant. Je la suis un peu plus loin dans le jardin. Nous nous arrêtons là où il n'y a rien, où le terrain est seulement recouvert d'une épaisse couche de neige.

— Je n'arrive toujours pas à le croire, soufflé-je. Tu es maman.

— Oui. J'en suis très heureuse ! Mon fils est merveilleux. Merci de l'avoir couché.

Je n'en doute pas. Un faible sourire étire le coin de mes lèvres.

— Ouais, il a l'air bien. De rien, je n'allais pas le laisser dormir sur la table ! Mais, n'y pense même pas, je ne le prendrai pas pour t'en débarrasser.

La blague ne passe pas. Elle plisse ses paupières, silencieuse.

— Tu n'as jamais essayé de te recaser ?

Amber secoue la tête tandis qu'elle regarde au loin, les yeux perdus. Cette soudaine triste émotion m'inquiète. Je ne veux pas l'embêter et la rendre malheureuse avec mes questions.

— Non.

Sa petite voix me stresse. Je sens sa peine et ça me fait mal. Elle retrouve soudainement, le sourire en m'observant. Sa main lâche la mienne et vient me frapper à l'épaule.

— Mais ça va ! Aller, maintenant on fait des anges dans la neige.

Comment peut-elle être aussi enfantine en étant mère ? Aucune idée ! Puis, le temps que nous profitons de la vie, je n'ai rien à dire.

Ma petite demi-sœur vient s'allonger dans la neige, sous mon regard étonné. Je la rejoins rapidement. Tant pis si on nous trouve immatures !

Son visage se tourne vers moi, elle me fait un large sourire.

— Tu m'as manqué, Gabriel, chuchote-t-elle.

— Toi aussi, Amber, toi aussi.

Sans rien ajouter, nous commençons à bouger des bras dans la neige. Je sens que mes cheveux sont en train de se mouiller à cause de la neige. Je n'ai pas mis la capuche et je sens que je suis déjà en train de le regretter. Malgré cela, je prends un vrai plaisir à jouer ainsi avec elle. Comme si nous avions remonté dans le temps.

Quand nous avons fini, nous nous levons. Je m'essuie du mieux que je peux. Amber fait de même. Elle tente de regarder son dos, sûrement pour voir à quel point sa doudoune marron est trempée.

— Tu te rappelles ce que l'on faisait ? l'interrogé-je. On essayait de manger des flocons...

— Oui... je m'en souviens. Je le fais avec Nathanaël.

Je grimace. Son fils. C'est vrai.

Amber renverse sa tête en arrière. Je ne peux m'empêcher de me remémorer nos moments intimes. Je plongeais sur son cou, dévorant sa peau et laissant des baisers chauds et mouillés. Je me sens vibrer face à ces pensées incongrues. Je n'ai pas le droit. Quel demi-frère fais-je ? Je suis stupide !

Sa langue s'étire pour tenter d'attraper des flocons. Je fais la même chose en me retenant de rire. C'est extrêmement gênant et à la fois amusant. Je reçois des flocons sur le visage, mais pas sur ma langue. Marchant tout doucement, je finis par la percuter. Amber éclate de rire. Je baisse la tête vers elle et l'observe. Elle se fout de ma gueule. Elle est penchée, les mains sur ses cuisses et rigole.

— Ça te fait rire ?

Elle ne me répond pas et continue de se foutre de moi. Je ne sais même pas pourquoi !

— D'accord, tu feras moins la maline une fois que je t'aurai plaqué au sol !

Je m'approche d'elle en prenant un air sérieux. Elle reprend ses esprits et se recule en fronçant les sourcils.

— Tu n'as pas intérêt ! s'exclame-t-elle, sur un ton sec.

Je hausse des épaules. Nous nous connaissons bien, elle sait que j'en suis capable. Amber me contourne en courant. Elle continue sa route jusqu'à la porte. Je la suis le plus vite possible. Son visage se tourne vers moi quand elle ralentit. Dommage pour elle, je vais l'attraper. Je ne suis qu'à quelques mètres d'elle. Quand nos yeux se croisent, elle lâche un rire avant de bifurquer sur la droite.

Un cri retentit. Amber se fige soudainement. Je fais de même et l'observe. J'entends un craquement. Rapidement, je comprends ce qu'il se passe. La neige a recouvert la piscine, qui doit probablement être gelée.

— Amber ! Ne bouge pas. Je...

— Non, tu es plus gros que moi, me coupe-t-elle la parole.

Si j'avais voulu jouer un peu, je lui aurais dit que j'avais très mal pris ses mots. Sauf que là, je ne peux pas. La glace pourrait se briser et Amber tomberait dans l'eau gelée.

Mon cerveau fonctionne à du cent à l'heure. J'entends la glace continuer de craquer. Amber se met à reculer vers moi. Je m'avance de quelques centimètres ne sachant pas du tout où se trouve vraiment la piscine. Je vais devoir en toucher quelques mots à mes parents. Ils devraient délimiter la zone pour éviter les accidents !

Je me penche en avant, les bras prêts à saisir Amber. Un nouveau bruit parvient. Cette fois-ci, il est largement plus fort que les autres. Il n'y a pas de temps à perdre. J'ai comme la mauvaise impression que la glace va céder dans les secondes qui arrivent. Amber semble comprendre la même chose, car elle se met à se reculer le plus vite possible. Je la vois tomber. La glace s'est brisée et ses pieds sont déjà dans l'eau. Je ne réfléchis pas et l'attrape par la taille. Je la soulève et la plaque contre moi, tout en me reculant. Tout s'est passé en quelques secondes.

— Oh, bordel... chuchote-t-elle, le souffle court.

Je sens son cœur tambouriner comme un fou, contre mon bras qui l'emprisonne contre moi. Elle tremble de peur et peut-être de froid. Je la relâche une fois que nous sommes tous les deux calmes. Amber se tourne vers moi et me fait un signe de la tête.

— Merci, Gabriel... J'ai failli me retrouver glacée comme un esquimau !

Nous rions nerveusement. On a échappé à l'accident de justesse.

— Tu as froid ? m'inquiété-je, en fronçant les sourcils.

Je baisse la tête. Elle est trempée jusqu'à mi-mollet. Je lui dis que nous devrions rentrer pour qu'elle puisse se réchauffer. Elle tire alors la gueule et se recule de quelques pas.

— Je ne veux pas rentrer. Et puis occupe-toi de tes affaires !

— Arrête de faire l'enfant, veux-tu ? Tu vas attraper la crève !

Ses petits bras viennent se croiser sur sa poitrine. Son nez se fronce et des rides entre ses sourcils apparaissent. Elle s'avance quand même à contrecœur pour rentrer. Alors que je vais pour me détourner et marcher en premier, Amber desserre ses bras. Merde. Elle se projette sur moi tandis que le craquement de la glace se fait entendre. Un bruit sec résonne à mes oreilles. Je n'imaginais pas qu'elle puisse avoir autant de force. L'impact est tel que je tombe en arrière. Amber se retrouve sur moi. Mon cœur bat à tout rompre. Si ça continue, je vais faire une crise cardiaque avant ce soir ! C'est peut-être son objectif, pour se venger de mon absence !

Sa tête se pose contre mon torse. Ses cheveux mouillés se mettent sur mon visage. Je les repousse d'un geste de la main avant de la serrer contre moi.

Comment dire... Je commence à me geler ainsi. De plus, il faut bien avouer qu'elle s'est jetée sur moi sans m'épargner. Si elle compte me rendre stérile, qu'elle continue comme ça !

Pourtant, la sentir ainsi sur moi me rend mal à l'aise. Je souffle pour évacuer le stress et pour faire baisser mon rythme cardiaque. Une vague d'électricité parcourt mon corps de la tête aux pieds. Mes doigts se crispent sur sa doudoune mouillée. Amber laisse échapper un rire. Elle se redresse un peu. Ses mains se posent sur mon torse. Installée à califourchon, ses yeux bleus plongent dans les miens. J'y décèle de l'amusement. Comme si elle avait compris ce qu'il se passait.

— Bah, dis donc ! s'exclame-t-elle. Tu arrives à avoir une érection comme ça ? C'est quoi qui t'a excité ? La situation ou le fait que je sois une femme ?

Jamais elle n'avait osé parler ainsi. Pour moi, elle a toujours été dans la finesse. Enfin, avant ! Parce que là, je ne sais pas ce qu'il s'est passé ces dernières années, mais Amber a bien changé !

Je suis littéralement sous le choc par ses propos. Oui. Sous le choc et même excité. L'entendre dire ça réveille en moi ce que je tente de repousser depuis pas mal de temps. Je secoue la tête, balayant des pensées malvenues.

— Amber !

— Oh, c'est bon, ne fais pas ton coincé, surtout pas avec moi hein ! Pas après tout ça...

Elle fait très bien allusion à notre relation passée. Elle va s'en servir jusqu'à la fin, pour justifier la façon dont elle se comporte et me parle.

— Nous étions jeunes et bêtes, lâché-je.

Je sens que je l'ai énervé. Elle se lève assez vite et s'éloigne vers la porte.

Mais quel con de balancer ça, putain ! C'est le moment où j'aurais mieux fait de fermer ma gueule !

— Tu as raison, j'ai froid !

Chapitre 17

Dans la cuisine, je prépare un chocolat chaud pour ma demi-sœur. Elle est en haut, en train de se changer. J'ai fait de même, étant trempé, puis je suis descendu pour tout lui préparer. En plus de me faire encore la tête, elle a eu très peur de ce qu'il s'est passé. Moi aussi, d'ailleurs. L'idée d'aller à l'hôpital le vingt-cinq décembre ne m'enchante pas.

La tasse remplie, l'odeur m'enivre. Je l'entends descendre. J'attrape la tasse blanche et pars en direction de la cuisine. Amber regarde l'écran de la télé. Un large sourire se dessine sur ses lèvres.

— Oui ! Ça fait longtemps !

Sans perdre de temps, elle se précipite dans le canapé et s'assoit en tailleur. Un coussin sur ses jambes, elle ne prête plus attention qu'au film que j'ai mis. Je m'installe à ses côtés et lui tends la tasse.

— C'est pour toi, lui annoncé-je. Fais attention à ne pas te brûler.

— Merci.

Son ton est moins froid qu'il y a plusieurs minutes. Elle reporte son attention sur la télé. Nous regardons donc *Le Grinch*. Avant, nous le regardions chaque Noël, rien que pour lui faire plaisir. Je n'avais pas le choix de toute façon. Depuis que je suis parti, je n'ai pas continué notre petite habitude. Amélie n'aime pas les films de Noël. Elle en a même horreur. J'ai donc dû me taper chaque année des films qui n'avaient aucun rapport avec cette fête et j'en étais assez content.

En repensant à ça, j'ai l'impression d'avoir vécu sous le régime d'une cheffe. Ce qui n'était pas du tout le cas. Ou alors j'ai complètement été aveugle du début à la fin. Je ne regrette pas ce qui s'est passé. J'en serais même toujours heureux. C'est une partie de ma vie que je ne voudrais pas oublier, même si elle m'a pris pour un con.

Je détaille Amber, comme si j'étais obnubilé par elle, ce qui est le cas. J'avais oublié son visage, ses traits, ses sourires. Les années sont passées et elle est devenue un souvenir flou. Je n'avais pas de photo. Rien qui pouvait entretenir ma mémoire. À part des souvenirs plus intenses les uns que les autres.

Amber se penche, pose sa tasse vide sur la table basse et se remet correctement.

— Arrête de me mater, ordonne-t-elle, froidement.

— Je... heu... ce n'est pas du tout ça.

Son visage se tourne vers moi. Ses yeux bleus me parcourent, s'arrêtent à mon entrejambe, avant de se plonger dans les miens. Un sourcil haussé, elle me fait un faux sourire.

— Ouais, c'est ça. Et ce truc qui est tout serré... c'est à cause de quoi alors ? Ne va pas me dire que tu bandes sur *Le Grinch* quand même !

Ma tête se secoue de droit à gauche. Est-elle vraiment obligée de me parler comme ça ? J'ai la sensation d'être un ado avec elle. Je ne sais même pas comment m'y prendre. Je ne sais plus quoi lui répondre. Comme à mes débuts avec Amélie... Amber me prend de court. Elle le sait et s'en amuse.

— Je ne bande pas sur *Le Grinch* ! rétorqué-je, agacé.

— Donc, c'est moi qui te fais de l'effet...

Le pire actuellement est qu'elle continue d'en parler, de tenter d'avoir une réponse. Dois-je vraiment lui dire que si nous étions il y a quelques années, je me serais déjà jeté sur elle et l'aurais faite mienne ? Dois-je lui faire comprendre que son demi-frère est excité rien qu'en la voyant ? Je ne suis pas sûr que ce soit une bonne idée. Elle risque de penser que je suis gentil uniquement pour coucher avec elle. Et ce n'est pas le cas.

— Arrête de me regarder ainsi et de parler ouvertement de mon sexe, veux-tu ?

— Mmmh.

— Et si nous parlions... sérieusement de ce qu'il s'est passé ?

— Pas maintenant, refuse-t-elle, en tournant son visage vers la télévision.

Il y a pas mal de choses que j'aimerais mettre au clair, à commencer par toutes les phrases que nous nous étions dit ou par ce que nous avons fait. Ça m'a hanté. Elle me hante toujours. J'ai l'impression d'avoir été le méchant grand demi-frère qui utilise sa demi-sœur à ses fins personnelles. Ce qui n'a jamais été le cas. C'était largement consenti. Le fait d'en avoir honte est autre chose.

Amber se recule et vient se caler contre moi. Sa tête se pose sur mon épaule. Rien que ça me déclenche un frisson. Si elle savait ce qu'elle me fait. Elle me prendrait pour un fou. Elle irait crier sur tous les toits que son demi-frère est un malade et qu'il faut l'enfermer.

Malheureusement, les sentiments ne se contrôlent pas. L'effet qu'elle exerce sur moi est puissant. N'importe quel homme normalement constitué serait tombé sous son charme. Nous, humains, sommes faibles. Pour une voix, une façon d'être, des yeux. Homme ou femme. Il y a toujours quelque chose qui nous fait craquer.

Le haut de son crâne est contre ma mâchoire. Je passe mon bras autour de sa taille pour l'attirer plus contre moi.

— Laisse-moi parler... commencé-je.

— Chut ! Je n'entends rien !

Je roule des yeux. Elle tente seulement de fuir la conversation. Chose qu'elle fait quand elle n'a pas envie d'écouter ce qui risque de lui être désagréable.

— Je m'en fous ! Nous devons discuter... Où est maman ?

— Elle est en haut avec Papa.

— Ok. Maintenant, tu vas m'écouter...

— Non, ils risquent d'arriver d'un moment à l'autre ! me coupe-t-elle. Je n'ai pas envie qu'ils comprennent que nous avons couché ensemble dans le passé ! Ils vont devenir fous ! Tu tiens vraiment à bousiller le vingt-cinq décembre ?

La réponse est non. Je viens à peine de prendre goût à cette fête. Je ne désire pas tout foutre en l'air.

— Tu m'agaces, soupiré-je.

— Toi aussi !

— Super !

Ce n'est pas comme ça que nous allons régler les problèmes. Je dois lui dire ce que j'ai sur le cœur. Enfin pas tout non plus.

— Amber... tu es tout ce que j'ai, tu le sais ?

— Ouais, je le sais.

— Ne me fais pas la tête. Nous devons mettre tout au clair. Je n'ai pas envie que tu croies que je puisse être am... enfin voilà. Il n'y a jamais eu ça entre nous.

— C'était juste sexuel.

— Oui.

Elle se renfrogne et plisse son nez. C'est alors en faisant, à nouveau, la tronche qu'elle reprend la suite du film. Elle ne m'accorde plus une seule seconde son attention. Cool.

Plus le film avance, plus mes yeux commencent à se fermer. Je lutte contre le sommeil du mieux que je peux. Normalement, je ne devrais pas avoir envie de dormir. Mais cette nuit, je me suis réveillé plusieurs fois pour m'assurer que tout allait bien. J'ai peur que Damien revienne de force et qu'il tente quoi que ce soit contre ma famille.

J'ai aussi réfléchi à ce que je ressentais et à Damien. Est-ce une vengeance ? Si oui, pourquoi ? Normalement, il ne devrait pas être au courant que j'ai battu son frère quelques heures avant sa mort, que c'est à cause de ça qu'il est enterré. Alors si ce n'est pas une vengeance, qu'est-ce donc ? Avait-il juste envie d'abuser d'Amber tout comme son frère ? Ont-ils ça dans les gènes ?

Je suis sûr d'une chose, il m'en veut. La façon dont il m'a parlé, dont il m'a regardé. Il y a quelque chose de pas clair dans tout ça. Si je me souviens bien, Amber lui avait demandé de ne pas s'amuser avec moi, de ne pas me mettre à dos. Et Damien lui avait répondu « qu'elle savait bien ce que je lui avais fait ». Quoi donc ?

J'ai horreur de ne pas avoir les réponses à mes questions. Je ne peux même pas le demander à Amber, car cette dernière s'est endormie. Sa poitrine se soulève doucement, son souffle est lent.

Je commence à psychoter. Et si Amber avait emmené Damien chez elle, ne serait-ce qu'une fois ? Il serait donc au courant de là où elle habite et pourrait s'en prendre à elle. Il sait déjà où elle travaille. Il risque probablement de venir lui rendre une petite visite un jour où l'autre.

Le film va bientôt toucher à sa fin. Mes yeux se posent sur le sapin vert. Je peux voir les cadeaux du petit. Elle a de la chance.

Au début, Amélie ne voulait pas avoir d'enfant. Selon elle, ça déformerait son corps et elle n'était pas prête à cette concession. Elle voulait rester jeune et jolie, ne pas avoir à charge un enfant qui lui prendrait tout son temps. Nous en avons discuté plusieurs fois. Et j'ai toujours eu la même réponse : non, je ne veux pas d'enfant.

Elle est tombée enceinte une fois, mais m'a appris qu'elle avait perdu l'enfant une semaine après. J'y ai cru. Jusqu'à ce que je fasse un tour dans ses papiers. Elle avait avorté sans me le dire. Pire, elle m'avait menti et m'avait laissé croire que jamais elle ne pourrait avoir un enfant, car son corps rejetterait tous les fœtus.

Puis, elle est finalement tombée enceinte. D'un autre. Elle ne voulait tout simplement pas d'enfant avec moi.

Finalement, je suis assez content de ne pas en avoir un avec elle. J'aurais forcément fini par me rendre compte de ce qu'elle trafiquait derrière mon dos. M'a t-elle une seule fois aimé pour ce que je suis et non pour mon argent ? J'en doute !

Après notre première pause, Amélie est venue m'annoncer qu'elle me quittait définitivement. Les mois se sont écoulés et je n'ai plus eu de nouvelles d'elle jusqu'au bal. Quelque chose ce soir-là a dû la changer, car le lendemain, j'ai reçu un message de sa part. Elle me demandait de lui accorder quelques heures. Elle voulait me parler.

Au rendez-vous dans un parc, elle s'est mise à pleurer en disant qu'elle m'aimait et qu'elle avait compris qu'elle voulait faire sa vie avec moi. Elle m'a avoué qu'elle était jalouse de voir des filles tourner autour de moi et qu'elle ne voulait plus me perdre.

Pourquoi est-elle revenue ? Est-ce vraiment par amour ? Je dois avouer que je commence à douter. Notre relation n'était pas basée sur l'amour, pour elle.

Je songe alors à avoir une discussion avec elle. J'ai besoin de tout comprendre. Peu importe si la vérité me fait mal. Je dois savoir ce qu'il s'est passé dans sa tête, pourquoi elle m'a trahi ainsi. J'aimerais tellement qu'elle ait une excuse qui remettrait tout en doute. Une excuse qui me rendrait con, qui la ferait revenir vers moi. Mais ai-je vraiment envie d'elle maintenant ? Après tout ce que j'ai découvert ? Je ne suis pas bête. Les lettres que j'ai lues n'étaient pas fausses. Amélie me doit la vérité. Je suis certain qu'elle ne s'est jamais mise à ma place, qu'elle n'a pas tenté de comprendre ce que je pourrais ressentir si j'apprenais ces odieux mensonges.

Le problème est que, maintenant, je ne sais pas si je pourrais avoir confiance en elle. Si je pourrais croire en ses aveux. Je parie que même quand je vais lui exiger la vérité, elle va trouver un moyen de mentir. Tout ce que je demande, c'est la vraie raison. Elle ne va pas pouvoir me mentir indéfiniment. À ma place, elle ne m'aurait pas lâché d'une semelle pour connaître la raison de mon départ et de mes mensonges.

Il est vrai que j'aurai dû me poser des questions. J'aurais dû me rendre compte qu'Amélie était différente d'Amber. Amber, même si elle était parfois froide, distante ou sauvage, m'a toujours prouvé qu'elle était là pour moi, quoi qu'il arrive ou que je fasse. Elle a toujours été là pour m'écouter, pour essayer de me comprendre.

Amélie était l'inverse. Son plaisir passait avant tout le reste. Elle n'aimait pas les choses futiles, les surnoms amoureux et encore moins sortir avec moi. Elle préférait sortir avec ses amies que de passer une soirée en amoureux avec son copain. Ce n'est que maintenant que je me rends compte que j'étais à sa merci. Il n'y avait qu'elle. Elle était le centre de la relation. J'ai fait de nombreux efforts, je lui ai offert tout ce qu'elle voulait. La voir heureuse était le plus important. Oui, mais étais-je heureux ? Je suppose, sinon je serais parti.

Mes paupières deviennent lourdes tandis que je me fais trente-six mille trames possibles. Je tente de trouver une façon douce pour faire tirer les vers du nez d'Amélie. Je n'oublie pas non plus que je dois parler avec Amber. Il est temps que les vérités éclatent.

Je ne veux pas m'endormir. Pourtant, je commence à sombrer comme une masse. Ma tête tombe en arrière. Je grogne en tentant d'ouvrir mes paupières. Je finis par poser ma tête contre celle d'Amber. J'aurais pu lui faire mal en ayant quelques secondes d'absence. Tout doucement, le sommeil prend le dessus sur toutes les questions que je me posais.

Chapitre 18

Six ans auparavant

Amélie se retourne, m'envoyant ses cheveux dans le visage. Je me crispe, tentant de garder le contrôle. Plusieurs regards sont posés sur moi. Certaines personnes gloussent. Quand je croise les yeux d'Amber, j'aperçois qu'elle fait la moue. Tout le monde a entendu ce qu'Amélie m'a dit. Elle vient de m'annoncer qu'elle ne m'aime plus et que c'est officiellement terminé entre nous.

Je me recule, puis me détourne pour sortir du hall. Je me précipite dehors et traverse le grand parking. J'entends mon prénom à plusieurs reprises. Je n'y prête pas attention et monte sur ma moto. J'ai envie de partir loin. De fuir.

Quelque chose attrape mon avant-bras droit. Quand je pose mes yeux sur elle, Amber a les sourcils froncés.

— Elle ne te mérite pas, chuchote-t-elle.

— Retourne en cours, ordonné-je d'une voix grave.

Elle secoue la tête négativement, avant de se pencher sur moi. Elle pose sa tête sur mon épaule et tente de s'asseoir sur moi. Croit-elle vraiment que je vais laisser les gens croire que je suis aussi sensible ? Pire, qu'il se passe un truc avec elle ? Non. Ce serait une hécatombe.

Je repousse Amber qui fait maintenant la tête.

— Laisse-moi t'aider, Gabriel.

— Tu n'as pas à m'aider. Va plutôt chauffer ton mec à la place de te jeter sur ton demi-frère comme une garce !

C'est la seule chose que j'ai trouvée pour qu'elle me lâche. Alors oui, c'est stupide. Mais très stupide. Je reçois une gifle, à laquelle je m'attendais, monumentale. Je retiens des injures. Les picotements sont désagréables et commencent à me brûler.

Hier, Amber était dans le jardin. Elle était en petite tenue. J'ai été choqué, car elle n'était pas en maillot de bain, mais en sous-vêtements. Je ne m'attendais pas à ça. Elle m'a embrassé. Rapidement, elle s'est retrouvée avec mon sexe dans la bouche. Je ne sais pas comment c'est arrivé. Tout était flou, je n'ai pas trouvé le moyen de l'écarter, mais c'est arrivé. Depuis, je m'en veux énormément.

— Tu en as bien profité de ta sœur ! crache-t-elle, amèrement.

— C'est toi qui es venue m'aguicher à moitié à poil, je te ferais savoir. Puis, ce n'est pas la première fois, hein, que tu tentes de me chauffer.

— Tu n'es qu'un connard ! s'écrit-elle, les yeux humides et les poings serrés.

— Oh ! Tu n'as plus rien à dire pour te défendre, parce que tu sais que je dis la vérité, alors tu m'insultes ? Ne viens pas me voir quand tu voudras être sautée.

Je n'aime pas la façon dont je lui parle. Elle ne le mérite pas. Malheureusement, je ne veux pas qu'elle loupe les cours à cause de ma rupture avec Amélie. Je démarre la moto, sans me soucier d'elle. Je la laisse seule sur le parking et rentre à la maison. Je n'ai nulle part où aller de toute façon.

Arrivé, il n'y a personne. J'entre et m'enferme dans ma chambre à clé. Je traîne alors sur mon lit et vais sur les réseaux sociaux, guettant les messages que j'ai reçus. Je me retrouve vite sur le compte d'Amélie. Hier, elle a actualisé son profil pour « célibataire ». Sous ça, plusieurs hommes ont commenté en lui demandant s'ils avaient une chance. Elle leur a tous répondu un grand oui avec des cœurs.

Je viens alors scruter les comptes d'Amber. Sous ses postes et ses photos, Charly lui a laissé des tonnes de messages. Il continue de la harceler en lui demandant de revenir à lui. Elle n'a répondu qu'une fois pour lui dire que s'il continuait, elle le bloquerait.

J'erre sur les réseaux, naviguant d'une application à l'autre. Il n'y a rien de bien intéressant : quelques tweets d'embrouilles, des photos de femmes volées à leur insu, des vidéos de chats et de chiens. Rien de bien fou quoi, mais assez pour me divertir un minimum.

Mon téléphone vibre. J'ai reçu un message sur un des réseaux sociaux. L'expéditeur m'étonne. Nous ne nous sommes jamais parlé auparavant.

Charly : *Salut, Gab, tu pourrais parler avec ta sœur et lui dire qu'elle n'a que moi et qu'elle a besoin de moi.*

Son message m'énerve plus que tout. Non, Amber n'a pas besoin de lui. Non, elle n'a pas que lui. Amber est indépendante et n'a besoin de personne pour avancer dans la vie. Elle n'a pas même besoin de moi !

Gabriel : *Je ne lui dirai strictement rien, Charly. Amber et toi avez rompu, laisse-la tranquille une bonne fois pour toutes. Trace ta route loin d'elle.*

Charly : *Je ne peux pas. Ce n'est pas terminé. J'ai besoin d'elle.*

Gabriel : *Tu l'as utilisée pour tes fins personnelles. Elle mérite mieux. Mais ne t'inquiète pas, tu trouveras une femme qui t'aimera et elle trouvera un homme qui l'aimera aussi. Ce n'est qu'une question de temps.*

Je suis satisfait de moi. Ma réponse est bien, polie, alors que je pourrais l'insulter facilement.

Charly : *Elle m'aime. Je le sais. Et je ne l'ai pas utilisée à mes fins, du con ! Elle voulait jouer à la soumise.*

Je roule des yeux. Il est sérieux ? Je ne vais pas gober ses conneries.

Gabriel : *En la droguant, la laissant seule, puis en la séquestrant pendant trois jours ? Tu te moques de moi ? Elle pourrait porter plainte contre toi, si elle le voulait !*

Sa réponse se fait plus longue. J'en profite pour me mettre en pyjama. Je ne compte plus sortir de toute façon. Quand je reçois la réponse, je ne peux m'empêcher de lâcher un juron.

Charly : *Elle le voulait. Tu sais que, sous ses airs, c'est une salope ?*

Je finis par abandonner. Je n'ai pas envie de me battre maintenant. Je n'ai pas la tête à ça. Il se permet d'insulter ma demi-sœur, alors qu'il prétend l'aimer. C'est un con.

Je secoue la tête et m'allonge sur le dos. Le plafond blanc n'a rien de bien fou. C'est même ennuyeux, mais je parviens à sombrer dans un profond sommeil.

Quand mes parents arrivent, ils ne s'aperçoivent pas que je suis rentré plus tôt. Quand Amber revient des cours, je l'entends demander à notre mère comment je vais. Cette dernière répond qu'elle ne sait pas, car je ne suis pas rentré. Amber ne semble pas lui répondre. J'entends des bruits de pas dans l'escalier. On toque à ma porte. Puisque je ne réponds pas, elle tente d'ouvrir, mais c'est fermé.

— Gabriel, ouvre la porte, exige-t-elle d'une voix douce.

— Laisse-moi !

D'autres pas se font entendre. Je suis bon pour m'expliquer pendant au moins une heure !

— Qu'est-ce qu'il se passe avec ton frère ? l'interroge Jade.

— Amélie l'a quitté ce matin, répond Amber.

— Ah... zut. Mon chéri, ouvre la porte...

— Putain, mais laissez-moi tranquille !

— Tu arrêtes tout de suite avec les gros mots ! Très bien, reste dans ta chambre si ça te chante !

Je sens que ma mère est énervée. Elle a horreur des gros mots. Je me tourne sur mon flanc gauche, dos à la porte, et regarde par la fenêtre. Pour être totalement honnête, je m'en fous. Je ne vais pas m'empêcher d'en dire pour elle. Après tout, elle ne m'a pas mise au monde ! Je ne lui dois rien.

Bordel. Ça y est. Je commence à me rebeller. Ça doit tout de suite s'arrêter. Ce n'est pas mon style. Je suis plus le fils bien élevé qui fait ce qu'on lui demande. On n'a pas à me dire quelque chose deux fois. Sauf qu'il y a des moments, comme celui-là, où ça ne va pas, où on n'a rien envie de faire.

Je passe alors la soirée à faire la gueule dans ma chambre. C'est comme si mon cœur s'était déchiré, la moitié partant avec Amélie au loin. Je ressasse en boucle ce que j'aurais dû lui dire et lui faire. J'aurais dû lui prouver que je l'aimais encore plus. J'aurais dû organiser des soirées en tête à tête, même si elle n'aime pas ça. J'aurais dû lui organiser de folles sorties. J'aurai dû, mais je n'ai rien fait de tout ça. Je n'ai pas réussi à capter son attention. Je n'ai pas su garder son amour.

Le lendemain, je finis par me lever. Je vais prouver que notre rupture ne mine pas ma joie de vivre, que je suis plus fort. Enfin, c'est surtout pour ne pas manquer le contrôle de français. Je me prépare sans m'y attarder. Je descends, trouve Amber seule dans la cuisine en train de déjeuner.

C'est dans un silence religieux que je m'installe en face d'elle. Elle détourne le regard et plonge ses yeux sur son bol de chocolat. Je pince mes lèvres. Comment vais-je me rattraper après ce que je lui ai dit hier ? Elle ne me pardonnera pas facilement. Je ne sais pas du tout comment faire. Amélie m'aurait envoyé lui chercher des cadeaux, style bijoux, mais Amber, elle, n'attend pas ce genre de choses.

Alors que je continue de triturer ma cervelle pour trouver un moyen pour nous rabibocher, je sens mon pantalon mouillé. Quand je baisse les yeux, je me lève et me recule. La chaise tombe en arrière et attire l'attention de ma sœur. J'ai laissé le lait coulé trop longtemps. Sans m'en apercevoir, j'en ai mis partout et c'est tombé sur moi.

Je rumine et pose la brique de lait sur la table complètement trempée. Je regarde la scène quelques secondes, avant d'attraper l'éponge à côté de l'évier. Je nettoie ma connerie et ensuite l'éponge.

Forcé, je retourne dans ma chambre pour me changer et reviens dans la cuisine. Amber n'a pas bougé. Le visage droit, le bol collé à ses lèvres, elle boit son chocolat en toute tranquillité.

Je ne la fixe pas longtemps, avant de me mettre à nouveau en face d'elle. Son silence est inquiétant. Normalement, elle parle, fait des blagues, ou sourit juste. Là rien. Son visage est fermé. Je sais très bien que c'est de ma faute. Je suis en train de la changer et c'est très mal.

— Amber...

— Chut, tu entends ?

— Heu non quoi ?

— Comment je m'en fous de ce que tu veux me dire ?

Je mords ma langue. Je n'arrive pas à croire qu'elle est en train de me parler comme à mes potes. Je ne suis pas qu'un vulgaire mec dont elle peut se moquer et repousser ! Je suis son demi-frère. Qu'elle le veuille ou non, je serai toujours là.

Sans rien ajouter, Amber quitte la cuisine, laissant son bol sur la table. Je déjeune le plus vite possible, attrape mon manteau et mets mes chaussures. Aucune envie d'être en retard ! Mon sac sur le dos, je cours dans l'allée. On pourrait me croire fou. Seulement, de toute ma vie, je ne suis jamais arrivé en retard. Ce n'est pas aujourd'hui que ça va commencer. Avec rapidité, j'ouvre le portail du garage. Sur ma moto, je démarre et referme derrière moi le portail. C'est parti.

En même temps, je tente de retrouver Amber. Elle a pris de l'avance en partant à pieds. L'arrêt de bus n'est pas loin. Il n'est qu'à cinq minutes à pieds. Je n'ai donc aucune crainte à avoir. Nous connaissons le chemin tous deux par cœur.

Quand j'y arrive, le bus est déjà passé. L'angoisse se propage en moi. Il n'y a pas la moindre trace d'Amber. Elle n'a quand même pas couru ? Il n'y a pas de chemin rapide pour venir jusqu'ici. Peut-être l'aurai-je loupé ? Où est-elle allée plus vite que moi ? Non c'est impossible !

Alors que je vais pour reprendre la route, j'entends mon prénom résonner.

— Gabriel ! s'écrie Amber, ahurie.

Je tourne la tête et découvre que ma sœur est poursuivie par son ex, Charly. Un pied à terre, je l'attends, comprenant qu'elle a besoin de moi. Elle court jusqu'à la moto et, sans rien ajouter, monte à l'arrière. Charly stoppe sa course et me toise. Je porte mon attention sur la route et démarre sans me poser de questions.

— Accroche-toi, ordonné-je.

Elle ne se fait pas prier. Ses bras s'enroulent autour de mon ventre. Elle est littéralement plaquée contre mon dos. Je savoure étrangement ce rapprochement en soupirant. Quand elle est proche de moi, je me sens bien.

Au lycée, une fois garé, Amber descend de la moto avec vigilance. Je tente de l'aider, mais elle me repousse brutalement.

— Merci, mais tu n'as pas besoin de te forcer, lance-t-elle.

— Je ne me force pas.

Ses yeux se lèvent au ciel. Elle semble dubitative et elle a raison. Je comprends tout à fait son point de vue, après ce que j'ai osé lui dire hier. Amber tourne des talons et s'éloigne vers l'établissement qui nous fait face. Je la regarde marcher et me surprends à me mordre la lèvre inférieure. Ok, je suis en train de devenir complètement con. Des erreurs, c'étaient des erreurs. Bordel. Je ne ressens rien. C'est n'est pas possible.

Une grande tape dans mon dos me couple le souffle. C'est brutal. Je sais qu'il s'agit de mes potes. Il n'y en a qu'un qui se permet ce genre d'action.

Ils se positionnent tous les trois devant moi. Peter a les bras croisés contre son torse. Son air est dur, presque flippant. Qu'est-ce qu'il a encore, bordel ? Il y a toujours un truc qui ne va pas. *Drama boy*, ai-je envie de dire.

— T'as vu comment tu la mates ? m'interroge-t-il, sur un ton froid.

— Je... heu...

Je bafouille comme un imbécile. Dans la bande, je suis surtout celui qui a le rôle secondaire, mais je n'oublie pas de dire ce que je pense. J'en profite même pour surprotéger ma demi-sœur. Qui ne ferait pas pareil ? Savoir que son pote est intéressé par elle est énervant. Pire encore, c'est purement sexuel et ça, ça me gonfle sérieusement.

— Ne te fatigue pas ! me coupe-t-il. On a bien compris, va !

— Tu n'as rien compris du tout ! rétorqué-je.

Peter fait la moue, dubitatif.

— Donc si je l'invite pour le bal, tu ne t'y opposeras pas ?

— En aucun cas. Je sais bien qu'Amber refusera.

Il souffle et décroise ses bras. Quant à moi, j'ai un air fier. Les lèvres étirées, j'attends sa réplique.

— Ok, on verra bien. Il me reste trois semaines de toute façon.

Il commence sérieusement à m'agacer. Peu importe le nombre de fois qu'il lui demandera, elle refusera. Amber n'est simplement pas intéressée.

Je sens que si je ne coupe pas la conversation, nous risquons de nous embrouiller. Comme à chaque fois que la discussion est sur elle. Je me baisse, protège ma moto avec l'antivol et me redresse. Ils ne m'ont pas lâché des yeux. Aucune idée de ce qu'ils veulent, et aucune envie de le savoir. Je les contourne. Je sens bien que ce que je suis en train de faire va nous séparer. Mais je n'ai pas besoin d'eux dans ma vie, encore moins s'ils se servent uniquement de moi. Alors que je me dirige vers le lycée, j'entends Peter me dire de revenir. Je ne suis pas son chien et je ne le serai jamais.

Les portes s'ouvrent sur moi. J'entre et pose mes affaires dans mon casier. Au loin, je vois Holly m'observer. Elle baisse la tête, comme si elle était soudainement timide. Je ne vois pas Amber avec elle. Je n'ai pas le temps de me demander pourquoi que la cloche sonne.

Les élèves se mettent en route vers leurs cours. Je prends mes affaires pour le contrôle de français. Je me dépêche. J'ai horreur d'arriver le dernier.

Je passe devant la salle d'Amber et Holly. Holly entre en cours, seule. Je me stoppe, intrigué. J'entre à mon tour. Tant pis si on me dit quelque chose. Au fond, je sais que n'importe qui ferait la même chose. Les élèves me regardent, intrigués par ma présence. Quant au professeur, il me demande ce que je fais là.

— Amber n'est pas là ?

— Votre sœur n'a pas besoin de vous, monsieur Campbell. Et visiblement non.

Je balaye la salle le plus rapidement possible. La salle est grande et accueille vingt-sept élèves, mais je ne reconnais que Holly.

— Holly, tu l'as vu ?

— Non, me répond-elle.

Son timbre de voix est bas. Ses pupilles n'osent pas me faire face. Elle garde la tête penchée.

— Monsieur Campbell, veuillez sortir de mon cours. Vous...

— Je l'ai vu se rendre en cours, le coupé-je. Elle était devant la porte de l'établissement.

Cette fois-ci, je gagne l'attention totale du professeur de je ne sais quelle matière. Certes, je surveille un peu Amber. Je lui demande toujours à quelle heure elle termine, pour que je puisse être sûr qu'elle ait un bus ou que je sache si elle a besoin que je la ramène.

— Elle n'a peut-être pas voulu se rendre en cours, suppose le professeur.

Je roule des yeux. Il dit n'importe quoi. Amber ne louperait pas un cours pour rien.

— Charly n'est pas non plus là, remarqué-je.

— Effectivement, affirme le professeur.

Je sors précipitamment. Je fais un tour dans les toilettes. Elle n'y est pas. Je me fais même insulter par une élève de première ! Je vais vérifier dans les toilettes hommes. Il n'y a personne. J'ai un mauvais pressentiment. Je suis certain que c'est l'autre con qui l'empêche de se rendre en cours.

Dehors sur le parking, je trouve enfin Amber. Elle est seule, accroupie contre le mur de l'établissement. La tête dans ses mains, je l'entends sangloter. Je m'approche d'elle en quelques secondes et me mets à son niveau. La voir ainsi m'émeut.

— Amber... Qu'est-ce qu'il y a, princesse ?

Sa tête se secoue de droite à gauche.

— Tu l'as dit à qui ?

Mon cœur s'emballe. Je sais de quoi elle parle. De ce qu'il s'est passé. Quelqu'un serait au courant ? Qui ça ? Comment ? Je n'ai rien dit, par honte.

— À personne.

— Mais... non...

Elle se tait et renifle lourdement. Sa tristesse est palpable et me fend le cœur.

— Qu'est-ce qu'il se passe ?

— Holly...

— Elle t'a fait quoi ?

Amber tente de se calmer en soufflant. Je pose ma main sur sa tête et la caresse. Je sais très bien que cela l'apaise.

— Elle va dire à tout le monde ce qu'il s'est passé entre nous si je ne te convaincs pas de sortir avec elle...

Je suis abasourdi. Vraiment, comme ose-t-elle ?

— Quoi ? Mais elle est conne ou quoi ? Attends... de quoi parle-t-elle ?

Les secondes de silence sont les plus longues de toute ma vie. Je me fais dix mille scénarios possibles.

— Elle nous a vus dans le jardin. Quand je t'ai... Elle était venue pour parler avec toi...

L'annonce est comme un puissant coup sur la tête. Il me faut un peu de temps pour m'en remettre.

— Oh, merde, ne t'inquiète pas, je m'occuperai d'elle. Maintenant, va en cours avant que le professeur ne lance des recherches.

Amber relève la tête vers moi. Ses joues sont mouillées. Avec mon pouce j'essuie ses larmes.

— Et ça, ça t'a fait pleurer ? l'interrogé-je.

— Mmh...

Elle fronce les sourcils. Elle n'a pas envie de répondre, je le vois très bien.

— Amber ? Réponds.

— Oui...

— Pourquoi ?

— Laisse tomber, je vais être en retard.

Elle se relève avec mon aide et part sans se retourner. Les bras ballants dans le vide, je l'observe rentrer dans l'établissement.

*

Amber a dû terminer, alors que je me rends à mon dernier cours de la journée. J'ai tenté de parler avec Holly à la pause, cette dernière s'en veut d'avoir menacé Amber. Je lui ai clairement dit de ne plus s'approcher d'elle. À la fin, il ne restera plus que nous deux. À croire que nos amis sont tous des cons.

Je m'installe à ma place en cours de mathématique. Le professeur fait l'appel, puis commence le cours. Je prends note de tout ce qu'il écrit sur le tableau vert. Après un bon quart d'heure de cours, je sens mon téléphone vibrer dans ma poche. Je le sors doucement. Le professeur écrit encore au tableau. Quand je vois le nom d'Amber, je décroche directement. En temps normal, elle ne m'envoie que des messages. Les appels sont quand il y a un problème.

— Amber... chuchoté-je.

Je ne termine pas ma phrase. J'entends des bruits.

— Arrête ! ordonne ma sœur, sur un ton suppliant.

— Si tu te laisses faire, ça ne sera pas un viol ! fait la voix grave de Charly. Toi qui suces ton putain de demi-frère ! Tu sais que ça fait de toi une salope ? Pourquoi pourrait-il profiter de toi et pas moi ? Hein ?

Hébété, je me lève. Je garde le téléphone à mon oreille et commence à ranger ma trousse et mon cahier dans mon sac. Je ne remets pas la chaise à sa place et remonte l'allée des chaises, sous le regard des élèves.

— Non !

Là, j'entends Charly l'insulter. Si j'avais su, j'aurais séché le cours pour rentrer avec elle avant et ne pas la forcer à m'attendre seule sur le parking !

Le professeur se tourne vers moi. Ses yeux marron me scrutent attentivement.

— Où allez-vous, Gabriel ?

— Ma sœur a des problèmes, réponds-je, tout en m'avançant vers la porte.

— Vous ne pouvez pas sortir maintenant. Votre sœur attendra. Et lâchez-moi ce téléphone, sinon je vous mets une heure de colle.

Je roule des yeux.

— Je devrais la laisser se faire agresser alors ?

Je n'attends pas sa réponse et ouvre brutalement la porte. Je me mets à courir dans le couloir, toujours le téléphone à l'oreille.

Jamais je n'aurais couru aussi vite. Même en sport, je ne me donne pas la peine de dépasser mes limites. Les portes s'ouvrent sur moi. Je prends quelques secondes pour essayer de trouver Amber et ce connard. J'éloigne le téléphone de mon oreille. Après un laps de temps, qui me semble une éternité, j'entends des bruits et des cris étouffés. Mon cœur bat comme un tambour.

Je me précipite à gauche et fais le tour du bâtiment. Je les trouve alors, près du grillage qui bloque les élèves pour aller au parking des professeurs. Amber a le dos collé contre le grillage, quant à Charly, il est devant elle. Les mains de ma sœur sont attachées en haut de sa tête avec des colliers de serrage. Des yeux, je vois son téléphone au loin, ainsi que son jean. Cette vue me glace le sang.

— Tu vois, ce ne sera pas aussi horrible que ça. Tu vas aimer. Je comprends ton demi-frère... lui qui ne voulait pas m'aider à me remettre avec toi. Il te voulait pour lui seul !

Je m'avance doucement vers cet enfoiré pour ne pas faire de bruit. Ses mains se posent sur les hanches d'Amber. Je me sens déchiré de voir une telle scène. J'aimerais tellement ne pas être ici, que ce connard n'ait jamais croisé Amber de sa vie.

— Chut... ne pleure pas, lui chuchote-t-il.

J'attrape Charly par le cou et ses cheveux brutalement. Je me penche sur lui et tente de me contrôler pour ne pas le défoncer.

— Lâche-la, espèce de connard.

— Oh... tu veux peut-être te joindre à moi ? J'allais tout juste commencer.

Son ton amusé me fait perdre la tête. Je le pousse en arrière. Il tombe sur les fesses en grognant. Je m'empresse de détacher Amber et l'aide à se mettre sur ses pieds. Je l'examine avec attention. Ses jambes tremblent de peur. Sa culotte est déchirée. Elle se tient contre moi fermement, tremblote et pleure. S'il n'a pas eu le temps de la pénétrer, alors elle pleure de peur, ce qui est tout à fait normal. Il ne se rend pas compte une seule seconde de ce qu'il a fait, et encore moins de ce qu'il va lui arriver.

Je me penche pour récupérer son jean et l'aide à l'enfiler.

— Va m'attendre sur le parking, à ma moto.

Elle refuse de la tête.

— C'est un ordre, Amber ! Fais ce que je te dis.

— Si elle refuse, c'est qu'elle voulait se faire sauter, commente Charly, guilleret.

— Ta gueule ! m'écris-je.

— Oh non, je ne vais pas la fermer. Cette putain mérite ce qui lui arrive. Je parie que c'est elle qui t'a cherché, Gab. Tu n'es pas du genre à te laisser faire sur ce plan, encore moins avec ta demi-sœur. Je me trompe ?

— Tu ne sais même pas si c'est vrai. Tu as faux. Il ne s'est rien passé d'ordre illégal avec elle.

— Ah bon ? Sauf que ce n'est pas illégal, puisque vous n'êtes pas de la même famille. Donc vous pouvez le faire comme vous voulez. Tu le sais très bien, elle n'attend que ça de toi. Elle n'attend que ça des mecs.

C'est vrai, il n'a pas tort sur le fait que ce n'est pas illégal, mais c'est impossible. Nos parents ne comprendraient pas. Je ne veux pas qu'ils éloignent Amber de moi par peur.

Mon sang pulse dans mes veines.

Non, Amber n'attend pas ça ! Il est en train de m'énerver.

— Amber, dégage ! lui hurlé-je dessus.

Cette fois-ci, elle s'exécute en silence. Seuls ses sanglots se font entendre jusqu'à ce qu'ils disparaissent avec elle. Quand elle n'est plus là, je vole directement vers Charly qui s'est adossé au mur de l'établissement. Je me laisse contrôler par le mauvais, par ce qu'il y a de plus sombre en moi. Ce que j'ai toujours tenté d'enfouir au plus profond de mon être. Tout ce que je garde depuis la mort de ma mère biologique et de ma sœur.

— Je t'interdis de t'approcher à nouveau d'elle !

Tout en lui hurlant dessus, je le frappe de toutes mes forces. Normalement, je ne frappe pas sur le visage. Mais là, peu importe où je le cogne, ça me fait du bien. Il essaie de se défendre, mais ne parvient pas à s'échapper. Plus les minutes passent, plus Charly me supplie d'arrêter. Je ris et ne fait pas ce qu'il m'implore. A-t-il arrêté quand Amber lui a demandé ? Non. La réponse est vite faite.

Plus j'ai mal aux mains, plus je continue. Il tente d'encaisser mes coups le mieux possible. Sa tête cogne plusieurs fois contre le mur, jusqu'à ce qu'il glisse au sol. Les yeux fermés, il gémit de douleur. Toute la rage que j'ai gardée des années est en train d'éclater.

Quand je finis par m'écarter de lui, Charly gît au sol inerte et ensanglanté.

Je l'ai tué, souffle ma conscience.

Je me regarde, j'ai aussi du sang sur moi. Pris de panique, je m'éloigne de lui sans même faire quelque chose pour l'aider. Il l'a mérité. Ou pas, je n'en sais rien. Je suis assez perdu par ce qu'il s'est passé.

Quand j'arrive au parking, Amber étouffe un cri. À sa hauteur, je lui souris faiblement. Je n'ai pas envie de lui dire ce qu'il s'est passé. Elle va me prendre pour un monstre. Ses grands yeux humides me détaillent de la tête aux pieds. Je lui souris, béatement. La voir me rend heureux. J'embrasse sa tempe et monte sur la moto. Je mets le contact et, du coin de l'œil, vois ce connard arriver en titubant. Il tombe, crache du sang et tombe à nouveau. Nos regards se croisent. Bêtement, je lui souris. J'espère qu'il a compris la leçon. Il n'a pas intérêt à tenter quoi que ce soit à nouveau.

Je démarre alors et nous ramène à la maison. Je laisse Amber se changer et me nettoie dans la cuisine. Je retire mes habits et les jette à la poubelle. Le sang ne partira pas facilement. Je ne me vois par les remettre.

Je vais dans ma chambre et mets des habits propres. Allongé sur mon lit, j'attends qu'Amber termine. Je me remets à penser à ce que j'ai fait. J'ai battu un homme pour la première fois. Ce n'était pas un jeu comme avec mes potes. C'était bien réel. C'était de colère.

Alors que je me triture la cervelle, ma porte s'ouvre sur Amber. Elle est dans une nouvelle tenue. Elle porte un jean noir et un pull violet. Elle m'observe silencieuse.

— Gabriel...

— Va-t'en, Amber. Laisse-moi tranquille.

— Qu'est-ce qu'il s'est passé ?

— Tu n'as pas à le savoir, refusé-je.

Ses épaules se haussent. Elle vient s'asseoir sur le bord de mon lit, sans me lâcher des yeux. Je me lève et l'attrape par le bras. Je la tire vers la porte et la pousse. Sans attendre sa réaction, je referme la porte.

*

Le soir venu, je ne me suis pas donné la peine d'être présent pendant le repas. Mes parents ne sont pas venus me parler. Amber a sûrement dû leur dire que je ne voulais voir personne.

Je ressasse en boucle ce que j'ai fait. Cracher du sang n'est pas bien. J'ai dû le blesser sérieusement. Malheureusement, j'ai trop de fierté pour l'appeler et lui demander s'il va bien. Ce serait le comble !

Alors que je suis plongé dans mes pensées, Amber entre dans ma chambre. Elle referme la porte derrière elle et croise ses bras contre sa poitrine. Je serre ma mâchoire. Cette chaleur qui se propage dans mon ventre ne me dit rien de bon.

— Les parents se sont couchés, tu peux aller manger.

— Je n'ai pas faim, grogné-je.

— C'est plutôt moi qui devrais être dans cet état, non ?

— Et tu ne l'es pas... Pourquoi ? Tu es déçue que je l'ai empêché d'aller jusqu'au bout ?

— Arrête tes conneries ! Tu es vraiment con !

Je baisse la tête. Il faut vraiment que j'arrête de la chercher ainsi. Je sais bien qu'elle ne voulait pas, sinon elle ne m'aurait pas appelé et ne lui aurait pas dit d'arrêter.

Alors qu'elle se tourne pour quitter ma chambre, j'ouvre la bouche.

— Je l'ai battu, avoué-je. De toutes mes forces.

Je me tais. Amber reporte son attention sur moi. Je continue de lui dire ce que j'ai fait, sans entrer dans les détails. Elle vient s'asseoir à mes côtés. J'encercle son ventre avec mon bras, pour la presser contre moi. Lorsque j'ai terminé, Amber ne dit qu'un seul mot.

— Merci.

Amber vient se pencher sur moi. Sa main s'appuie sur mon torse. Je me contracte. Ses lèvres se posent sur les miennes. Je ne la repousse pas, mais reste étonné.

— Amber... nous en avons déjà parlé. C'était une erreur.

Sa bouche s'entrouvre plusieurs fois, avant qu'elle se lance.

— Je... heu... si je n'étais pas bien, c'est qu'Holly sait ce que je ressens. Je n'arrive pas à comprendre pourquoi elle veut être avec toi...

— Amber, tu es sérieuse ? Tu es en train d'insinuer que...

— Je t'aime.

Je n'arrive pas à trouver les mots pour lui répondre. Elle m'aime. Ok, mais sûrement pas comme une demi-sœur aime son demi-frère. Je sens qu'il y a plus. Devant mon silence, Amber se redresse et s'assoit en tailleur. Elle se renfrogne et croise ses bras.

Je ne pensais pas qu'il y aurait des sentiments tels que l'amour entre nous. Pour moi, c'était juste physique. Je comprends maintenant sa façon d'être avec moi. Timide, joueuse, entreprenante. Elle a tenté de me séduire. Même si ce n'était pas intentionnel de sa part, j'y ai succombé. Puis, n'ai-je pas été pareil qu'elle ? Joueur, entreprenant, timide, enfin mal à l'aise ? N'ai-je pas tenté de la rendre jalouse avec Amélie à plusieurs reprises ? Si.

— On ne pourra jamais se mettre ensemble, fais-je, sur un ton doux.

— Je sais...

Mon cœur se pince. Elle a l'air déçue de mes mots. Elle devait s'attendre à un Gabriel plus combatif, comme tout à l'heure, pour la défendre et la protéger.

— Je pense que c'est une bonne idée que tu partes pour tes études, ajoute-t-elle. C'est la meilleure chose que tu puisses faire.

— Amber, je n'ai pas envie d'être éloigné de vous, de toi...

Ses yeux bleus se posent sur moi. Elle esquisse un sourire. Mon corps est secoué d'une décharge électrique. Mon ventre se tord et chauffe encore plus. Elle est magnifique. Elle me fait de l'effet et je n'aime pas ça. Je dois continuer de repousser ce que je ressens. Cela ne nous rendra que malheureux.

— Tu as les joues rouges, remarque-t-elle.

Elle se penche sur moi et pose sa main sur ma joue gauche. Amber me caresse avec douceur la joue, comme jamais personne ne l'a fait. Pas même Amélie.

— Je suis navré, Amber, je suis un peu perdu... avec tout ce qu'il s'est passé. Ma rupture avec Amélie, ce que nous avons fait avant-hier... ce que j'ai fait tout à l'heure.

Amber secoue la tête.

— Je sais. Je ne te demande pas de me dire que tu m'aimes ou que tu es d'accord pour être avec moi. Je... je ne sais pas... tu as entendu parler du *sex friend* ?

J'arque un sourcil étonné. Bien sûr que j'en ai entendu parler. Coucher avec une personne juste pour le sexe et non par amour.

— Ouais. J'ai peur de comprendre où tu veux en venir. Sauf qu'entre nous, c'est...

— Nous sommes demi-frère et demi-sœur, me coupe-t-elle. Nous n'avons pas de lien de sang. C'est donc légal...

Mais je ne veux pas te forcer ! Si ça ne te tente pas, alors ce n'est pas grave.

Elle se lève de mon lit et se dirige vers la porte. Je l'observe quitter ma chambre. Je souffle, réfléchis et me dis que c'est la meilleure chose à faire, ne pas aller plus loin. Je rembobine toute la conversation que nous venons d'avoir. Elle vient de m'annoncer qu'elle éprouve des sentiments pour moi, qu'elle m'aime et m'a même demandé d'avoir une relation basée que sur le sexe. Jamais je n'aurais pu attendre ça de sa part. Elle m'a totalement déstabilisé.

Mes jambes sortent hors de mon lit. Mais qu'est-ce que je fous là ? Je la poursuis jusqu'à sa chambre en face de la mienne. À l'intérieur, je constate qu'elle est déjà en train de se mettre en pyjama. Sans perdre de temps, je l'attrape et la plaque contre moi. Nos lèvres fusionnent parfaitement. Elle me rend mon baiser avec douceur. Je la pousse sur son lit et me loge entre ses cuisses qu'elle enroule autour de mon bassin, comme si c'était tout à fait naturel.

— Qu'est-ce qui t'a fait changer d'avis ?

— Ce que j'éprouve pour toi, réponds-je, d'une voix basse. Le fait que je n'arrête pas de vouloir te toucher, t'embrasser... Que je perds tout contrôle avec toi. Que je ne pouvais pas te laisser t'enfuir ainsi...

— Alors tu acceptes ? Je sais que je n'aurais pas dû demander... mais tu ne sais pas à quel point... j'ai besoin de toi, tout le temps Gabriel. J'aimerais tellement passer tout mon temps avec toi...

— Chut..., la coupé-je.

Nous nous déshabillons assez vite. Nos vêtements volent probablement dans la pièce. J'entends même quelque chose tomber au sol. Je ne sais pas si c'est le fait que nos parents dorment non loin d'ici, mais j'ai la sensation d'être plus qu'excité. Mes gestes sont rapides. Comme si chaque seconde que je passe ainsi est une perte de temps. Lorsque nous nous retrouvons nus, Amber sous moi, je l'embrasse à nouveau.

Je descends mes baisers jusqu'à son cou. Elle se cambre sous moi et soupire. Je continue mon chemin jusqu'à sa poitrine et y dépose aussi des milliers de baisers. Amber gémit sans aucune retenue. Si elle continue ainsi, on va réveiller les parents. Stupidement, je m'en moque un peu. J'aime bien entendre et voir l'effet que ma bouche lui fait. J'attrape de mes lèvres son téton et mordille doucement avec mes dents.

— Mon dieu... tu veux me faire perdre la tête ou quoi ?

Sa voix n'est qu'un faible murmure qui me fait vibrer de la tête aux pieds. Je laisse mes mains parcourir sa poitrine et la caresser. Ma bouche lâche son sein pour venir s'occuper de l'autre. Puis, je descends plus bas. Elle écarte les jambes pour me laisser y accéder. J'embrasse son entrejambe, avant de m'écarter et faire des mouvements en cercle sur son clitoris de mon pouce. Elle se contracte directement et lâche un gémissement bruyant.

— Chut... tu ne veux pas qu'ils nous surprennent ainsi, murmuré-je.

— Mmmh.

Je souris. En peu de temps, je suis passé d'une émotion à l'autre, de l'énervement et la tristesse, au bonheur... et à l'amour.

Après avoir terminé de nous occuper l'un de l'autre, je me présente à l'entrée de son entrejambe. Elle hausse un sourcil voyant que je reste figé.

— Tu es magnifique, Amber, lui dis-je, sérieusement.

— Je...

— Je t'aime aussi, ma princesse.

À la fin de ma phrase, j'entre en elle. Sa tête retombe sur le lit, alors que je me penche au-dessus d'elle. Mes coups de reins sont tout d'abord doux et lents, puis j'accélère la cadence. J'embrasse son cou, je remonte sur sa joue et dépose ensuite mes lèvres sur les siennes. Sa langue se faufile entre mes lèvres et vient trouver la mienne. Elles commencent à se chercher, s'aguicher.

Ses jambes s'enroulent autour de moi. Son corps ondule sous mes coups de bassin. Elle soupire contre ma bouche. Ça augmente mon désir que j'ai pour elle. Je râle au fur et à mesure. Amber gémit de plus belle puis se contracte. Ses jambes se resserrent et sa bouche se décolle de la mienne. Sa tête retombe sur le lit, alors qu'elle se mord la lèvre pour se retenir de gémir plus fort. Je vais plus doucement jusqu'à ce que je vienne à mon tour.

Vous avez aimé votre lecture ?
Découvrez les autres romans des éditions So Romance
disponibles en format papier et numérique.

Je t'ai rêvée
Tome 1 : La clef

Yohann et Greg profitent de la vie en plongeant régulièrement dans un paradis artificiel grâce aux stupéfiants — tout l'inverse de leur sage amie Lena. Tous les trois se connaissent depuis longtemps et leur amitié est fusionnelle... Mais quand Yohann s'engouffre corps et âme dans l'amour, ce sentiment inconnu jusqu'alors pour lui, cet équilibre chavire, et les trois amis apprendront à leurs dépends que rien n'est jamais acquis, surtout en matière de sentiments...

Découvrez cette série qui compte actuellement trois tomes !

Autumn
Tome 1 : Mon coeur s'ouvre à ta voix

Lorsque le lieutenant Jay Ransom retourne dans l'état du Vermont, il ne s'attend pas à être aspergé de peinture rose par Autumn Hensley en guise de bienvenue. Frappée de mutisme, la jeune femme fréquente peu de gens. Irrépressiblement attiré par cette personnalité atypique, Jay s'impose avec panache dans l'univers d'Autumn et libère à son contact une part de lui-même jusqu'ici inexplorée. Mais le métier du militaire parviendra-t-il à protéger leur histoire de tous les dangers ?

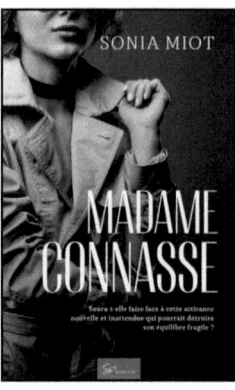

Madame Connasse

Agathe, cousine de Corentin Connard, reprend les affaire de Separagence. Après une année en Espagne à se remettre d'une fausse couche dans l'alcool et l'allégresse, elle revient affronter ses vieux démons : un ex-fiancé trompé, une famille abandonnée sans un mot. Et... comme si tout cela n'était pas suffisant, il fallait aussi que cette chère Ella, alias Miss Parfaite, alias la fiancée de son frère, débarque pour tout chambouler... Madame Connasse sera-t-elle la digne héritière de Monsieur Connard ?

Don't say that I love you
Tome 1 : Amour défendu

Dans la famille Parks, tout le monde participe à l'entreprise familiale : les hommes sont stylistes, les femmes couturières. N'ayant qu'une fille, Soni, Clay Parks forme Drew, un jeune styliste, pour prendre sa suite à la tête de l'entreprise. Il le considère comme un fils. Difficile dès lors pour Drew et Soni d'assumer cette folle attirance qu'ils ont l'un pour l'autre... Autre détail : Drew a le double de l'âge de Soni. Toutefois, ils ont décidé qu'il ne se passerait rien entre eux, donc en théorie, aucun problème en vue... En théorie.

Pour en savoir plus
www.soromance.com

© Éditions So Romance, 2019 pour la présente édition

Lemaitre Publishing
159 avenue de la Couronne
1050, Bruxelles

www.soromance.com
ISBN : 9782390450689
Dépôt légal : D/2019/14.771/23

Maquette de couverture : Philippe Dieu
Photo : © nastia 1983 / Fotolia